Schöningh

EinFach
Französisch

Unterrichtsmodell

Philippe Grimbert

Un secret

de
Sophia Gierok
Julia Klein

Vorwort

Einzelarbeit

Partnerarbeit

Gruppen-
arbeit

Unterrichts-
gespräch

Schreib-
auftrag

Hausaufgabe

Audio-CD

filmische
Präsentation

Projekt, offene
Aufgabe

kreative
Aufgabe

szenisches
Spiel,
Rollenspiel

Das vorliegende Heft ist Teil der Reihe „EinFach Französisch", die Lehrerinnen und Lehrern erprobte und an den Bedürfnissen der Schulpraxis orientierte Unterrichtsmodelle für die Sekundarstufe II zur Verfügung stellt. Sie zeichnen sich aus durch Benutzerfreundlichkeit und Überschaubarkeit und bieten – gerade auch im Hinblick auf die Anforderungen des Zentralabiturs – einen klaren Leitfaden für die Behandlung von Texten und Medien, einen schnellen Zugriff auf unterschiedliche Materialien und damit eine deutliche Erleichterung bei der Unterrichtsvorbereitung.

Die Modelle ermöglichen einen methodenreichen Unterricht: Handlungsorientierte und innovative Methoden werden ebenso berücksichtigt wie bewährte Verfahren der Texterschließung und Textbearbeitung oder Verfahren der Film-, Bild- und Textanalyse. Das Prinzip der *Modules* (Bausteine) eröffnet dabei die Möglichkeit, Unterrichtsreihen individuell mit unterschiedlichen thematischen und methodischen Akzentuierungen je nach kursspezifischen Bedürfnissen zu konzipieren.

Das vorliegende Modell bezieht sich auf folgende Textausgabe:
Philippe Grimbert: Un secret, © 2007 Philipp Reclam jun. GmbH & Co. KG, Stuttgart, ISBN 978-3-15-019731-8; © für den Text: 2004 Grasset et Fasquelle, Paris

Sprachliche Betreuung: Marie-Christine Kocheise

© 2014 Bildungshaus Schulbuchverlage
Westermann Schroedel Diesterweg Schöningh Winklers GmbH
Braunschweig, Paderborn, Darmstadt

www.schoeningh-schulbuch.de
Schöningh Verlag, Jühenplatz 1–3, 33098 Paderborn

Das Werk und seine Teile sind urheberrechtlich geschützt.
Jede Nutzung in anderen als den gesetzlich zugelassenen Fällen bedarf der
vorherigen schriftlichen Einwilligung des Verlages.
Hinweis zu § 52a UrhG: Weder das Werk noch seine Teile dürfen ohne eine
solche Einwilligung gescannt und in ein Netzwerk gestellt werden.
Das gilt auch für Intranets von Schulen und sonstigen Bildungseinrichtungen.

Auf verschiedenen Seiten dieses Buches befinden sich Verweise (Links) auf
Internetadressen. Haftungshinweis: Trotz sorgfältiger inhaltlicher Kontrolle wird
die Haftung für die Inhalte der externen Seiten ausgeschlossen. Für den Inhalt
dieser externen Seiten sind ausschließlich deren Betreiber verantwortlich. Sollten
Sie dabei auf kostenpflichtige, illegale oder anstößige Inhalte treffen, so bedauern
wir dies ausdrücklich und bitten Sie, uns umgehend per E-Mail davon in Kenntnis
zu setzen, damit beim Nachdruck der Verweis gelöscht wird.

Druck 5 4 3 2 1 / Jahr 2018 17 16 15 14
Die letzte Zahl bezeichnet das Jahr dieses Druckes.

Umschlaggestaltung: Jennifer Kirchhof
Druck und Bindung: westermann druck GmbH, Braunschweig

ISBN 978-3-14-046280-8

Approches

1. Décrivez la photo.
2. Quelle est la relation des personnages entre eux?
3. Que pensent-Ils? Imaginez une phrase pour chacun d'eux.
4. Pourquoi, d'après vous, l'auteur a-t-il choisi le titre «Un secret» au lieu de «Le secret»?

Philippe Grimbert: Un secret

1. Die Personen 6
2. Der Inhalt 9
3. L'auteur 10
4. Vorüberlegungen zum Einsatz des Romans im Unterricht 11
5. Konzeption des Unterrichtsmodells 12
6. Modules 13
7. Klausuren 112

Module: Le contexte historique 13

1. La France occupée 13
   - Page à copier 1: Carte de la France occupée 1940 16
   - Page à copier 2: Termes historiques 17
   - Page à copier 3: Frise chronologique 18
   - Page à copier 4: Pétain et le régime de Vichy 20
2. Collaboration et résistance 21
   - Page à copier 5: La collaboration et la résistance 23
3. Le travail de mémoire 24
   - Page à copier 6: Serge et Beate Klarsfeld 26
   - Page à copier 7: Jacques Chirac 27

Module 1: Incipit 29

1.1 Présentation des personnages et de leurs relations (p. 7–21) 29
   - Page à copier 8: Einstieg 31
   - Page à copier 9: Le narrateur et son frère imaginaire 35
   - Page à copier 10: L'identité embrouillée du narrateur 36
   - Page à copier 11: Les parents du narrateur: Maxime et Tania 37
   - Page à copier 12: Inge Seiffge-Krenke: L'ami imaginaire 39
   - Page à copier 13: Chanson: Mon Frère 42
1.2 Le rôle du corps (p. 22–25) 44
   - Page à copier 14: Les leitmotive 45
1.3 Louise, la confidente (p. 26–30) 47
   - Page à copier 15: La confiance 49
   - Page à copier 16: Décrire des personnages 50
1.4 Résumé: Les relations entre les personnages 51
   - Page à copier 17: La famille Grimbert 54
   - Page à copier 18: La famille Grinberg 56
   - Page à copier 19: Les valeurs des temps dans une narration au passé 58
   - Page à copier 20: Exercices de langue 59

Module 2: Rêve et réalité – histoire de la famille Grimbert   60

2.1   La rencontre imaginaire entre Maxime et Tania (p. 33–43)   **60**
- Page à copier 21: Curriculum vitae   **62**

2.2   Maxime et Tania à Saint-Gaultier (p. 44–54)   **64**
- Page à copier 22: Paris sous l'occupation   **65**

Module 3: La révélation du secret   68

3.1   L'adolescence du narrateur (p. 57–68)   **68**
- Page à copier 23: Wie erfahre ich, wer ich wirklich bin?   **72**

3.2   La découverte du secret (p. 61–80)   **74**
- Page à copier 24: Les secrets   **75**
- Page à copier 25: Les effets de la révélation sur le narrateur (p. 69–80)   **78**

3.3   Vocabulaire: Les secrets et le silence   **79**

Module 4: La véritable histoire de la famille Grimbert   80

4.1   Maxime (p. 83–93)   **80**
- Page à copier 26: Maxime   **82**

4.2   Paris occupé (p. 94–98)   **83**
- Page à copier 27: Paris occupé   **86**

4.3   La fuite (p. 99–115)   **87**

4.4   Hannah (p. 116–122)   **88**

4.5   Le sacrifice de Hannah (p. 123–127)   **90**

4.6   La naissance du secret (p. 128–145)   **95**

Module 5: La libération du poids du silence   97

5.1   Les retournements (p. 155–161)   **98**
- Page à copier 28: Le développement de la relation entre père et fils et les retournements   **99**

5.2   Le poids du secret et la résilience   **100**
- Page à copier 29: Le poids des secrets de famille   **101**

Module 6: Épilogue   103

6.1   La visite du cimetière (p. 165–172)   **103**

6.2   La structure narrative du récit («un récit non-linéaire»)   **106**
- Page à copier 30: La structure narrative   **107**

6.3   La question du genre   **108**
- Page à copier 31: Interview avec Philippe Grimbert   **111**

Die Personen

Der Erzähler

Die Handlung wird von einem Jungen erzählt, dessen Vorname nicht genannt wird. Er entwickelt sich im Verlauf des Romans zu einem erwachsenen Mann.

Zu Beginn wird der Leser in die Psyche dieses ängstlichen, zerbrechlichen und kränklichen Kindes eingeführt, das vergeblich um die Liebe und Anerkennung seines Vaters, Maxime, kämpft und nicht recht verstehen kann, warum es so wenig von den körperlichen Voraussetzungen seiner Eltern, die beide dem athletischen Ideal entsprechen, geerbt hat. Es stellt sich heraus, dass der Erzähler, ohne es zu wissen, die Bürde der Vergangenheit seiner Eltern auf seinen Schultern trägt und ihn diese Last körperlich wie psychisch erdrückt. Erst als er von Louise, seiner Vertrauten, erfährt, was sich in den Kriegswirren zugetragen hat, kann er sich normal entwickeln und findet schließlich zu einer eigenen Identität.

Die weiteren Schritte hin zu einem normalen Leben geht der Erzähler alleine, indem er sich der Vergangenheit stellt (er informiert sich über das Schicksal Hannahs und Simons) und ein Psychologiestudium beginnt. Schließlich ist er derjenige, der auch seinen Eltern einen Ausweg aus ihrer von Schuldgefühlen bestimmten Existenz ermöglicht.

Obwohl viele Parallelen zwischen dem Erzähler und Philippe Grimbert bestehen, möchte sich der Autor nicht mit seiner Romanfigur identifiziert sehen. Aus diesem Grund wurde ihm in der Verfilmung des Romans der Name François gegeben.

Simon

Simon ist der Halbbruder des Erzählers – Sohn von Hannah und Maxime –, der 1942 bei der Flucht den freien Teil Frankreichs gemeinsam mit seiner Mutter festgenommen, deportiert und in Auschwitz getötet wird. Er stellt das komplementäre Gegenstück zum Erzähler dar – er ist ein fröhlicher, gesunder, kräftiger, sportlicher und selbstbewusster Junge, der seinem Vater Maxime unglaublich ähnlich ist.

Durch die Attribute, die Simon zugeschrieben werden, wird die Schwäche und Unvollkommenheit des Erzählers überhöht. Auch weist der starke imaginäre Bruder des Erzählers charakterliche Parallelen zu Simon auf.

Maxime

Maxime ist der Vater des Erzählers, dessen Ansprüchen dieser so wenig gerecht werden kann. Maxime selbst war in seiner Jugend ein großer Verführer und definiert sich Zeit seines Lebens über seinen sportlich gestählten Körper. Er eifert einem ästhetischen Ideal nach, das dem Körperkult der nationalsozialistischen Ideologie nicht fern ist.

Bereits als Jugendlicher sind Maxime die Rituale der jüdischen Religion gleichgültig geworden und er glaubt während des Zweiten Weltkriegs lange, dass die Zugehörigkeit der Familie zur jüdischen Religion keine Gefahr für sie darstellt, da sie Franzosen sind. Erst sehr spät realisiert er, dass er sich getäuscht hat.

Schon bei seiner Hochzeit mit Hannah fühlt er sich hingezogen zu seiner schönen und ebenso sportlichen Schwägerin Tania. Nach Hannahs Deportation beginnt er eine Affäre mit ihr und heiratet sie nach dem Krieg. Obwohl er ein äußerlich intaktes Familienleben mit Tania und ihrem gemeinsamen Sohn führt, lassen ihn die Schuldgefühle bezüglich Hannahs und Simons Tod nicht los. Er reagiert auf Erinnerungen daran mit Schweigen, Isolation und sportlicher Forderung seines Körpers. Der Sportraum, den sich Maxime in der Wohnung eingerichtet hat, steht symbolisch für die innere Unnahbarkeit des Vaters. Dorthin zieht er sich zurück, wenn er an die Vergangenheit erinnert wird und in Gefahr ist, Gefühle zu zeigen, z. B. als ein Film über die NS-Zeit im Fernsehen kommt oder nach dem Tod seines Hundes, Écho.

Bezeichnenderweise ist es sein als Kind so schwächlicher Sohn, der als junger Erwachsener die Kraft aufbringt, seinem Vater einen Teil der Bürde von den Schultern zu nehmen, indem er das Geheimnis offen anspricht. Die Beziehung zwischen Vater und Sohn erfährt somit einen Wendepunkt: Der Erzähler übernimmt die Position des Starken.

Hannah

Hannah ist Maximes erste Frau, mit der er einen Sohn, Simon, bekommt. Sie stammt aus einer traditionell jüdischen, gutbürgerlichen Familie, ihre Eltern legen bei ihrer Hochzeit mit Maxime großen Wert auf die Einhaltung der jüdischen Rituale. Hannah ist schüchtern und zurückhaltend, liebt Maxime und ihren Sohn Simon aber leidenschaftlich. Ohne sie kann sie sich ihr Leben bald nicht mehr vorstellen. Als Hannah bemerkt, dass Maxime sich von Tania angezogen fühlt, beginnt sie sich in ihre eigene Welt zurückzuziehen, in der sie sich zusehends Simon widmet. Die kriegsbedingte Abwesenheit ihres Bruders Robert, die Deportation ihrer Eltern und schließlich die Nachricht Maximes, dass Tania bereits in Saint-Gaultier angekommen sei, führen zu Hannahs tragischem Verrat: Bei der Passkontrolle während der Flucht über die Demarkationslinie legt sie sowohl ihren gefälschten als auch ihren jüdischen Ausweis vor. Simon und sie werden daraufhin deportiert und, wie man später vom Erzähler erfährt, sofort nach ihrer Ankunft in Auschwitz vergast. Obwohl durch den Tod Hannahs eine Beziehung zwischen Maxime und Tania möglich wird, bleibt Hannahs und Simons Schicksal in der Familiengeschichte des Erzählers als belastendes Familiengeheimnis für immer präsent.

Tania

Tania ist die zweite Frau von Maxime, die Mutter des Ich-Erzählers und charakterlich und physisch das Gegenteil von Hannah. Sie stammt aus einer künstlerisch-kreativen Familie, die Mutter ist Schneiderin, der Vater, wenn auch schon in ihrer Kindheit verschwunden, Geiger. Tania zeichnet sich durch Sportlichkeit, Schönheit und Disziplin aus und ähnelt damit Maxime in besonderer Weise. Sie arbeitet als Model und erstellt Modezeichnungen, die sie an Zeitschriften verkauft.

Tania ist mit Robert, Hannahs Bruder, verheiratet und lernt Maxime bei seiner Hochzeit mit Hannah kennen. Die Ehe mit Robert ist nicht glücklich, und nachdem dieser als Soldat an die Ostfront eingezogen wird, kehrt Tania von Lyon nach Paris zurück, um dort wieder bei ihrer Mutter zu leben. In dieser Zeit fühlt sie sich physisch immer mehr zu Maxime hingezogen und entschließt sich nach dem Verkauf des Geschäfts in Lyon, gemeinsam mit der Familie nach Saint-Gaultier zu fliehen.

Die Nachricht von Hannahs und Simons Deportation führt zu einer allmählichen Annäherung zwischen Tania und Maxime. Nach angemessener Trauerzeit heiraten sie schließlich in Paris und bekommen einen Sohn, der physisch und charakterlich ganz das Gegenteil von Maximes erstem Sohn Simon ist. Tania kümmert sich von nun an um ihren kränklichen Sohn, baut gemeinsam mit Maxime das inzwischen auf Sportartikel spezialisierte Geschäft auf und treibt viel Sport. Im Alter erleidet sie einen Gehirnschlag, der sie körperlich und geistig behindert zurücklässt. Maxime erträgt diese Behinderung nicht und springt schließlich mit ihr in den Tod.

Die Personen

Louise   Louise lebt im selben Haus wie die Familie Grimbert und betreibt dort eine Massage-Praxis, in der sie den Erzähler selbst, aber auch seine Eltern nach ihren sportlichen Aktivitäten behandelt. Ihr Tabak- und Alkoholkonsum hat sie gezeichnet, aber ihre körperliche Behinderung (sie hinkt wegen eines Klumpfußes) macht sie zur idealen Vertrauensperson für den körperlich ebenfalls schwächlichen Ich-Erzähler. Louise ist eine offene und tolerante Frau, die dem Erzähler schließlich das Familiengeheimnis offenbart und ihm von Hannahs und Simons Geschichte erzählt. Dadurch legt sie den Grundstein für den physischen und psychischen Heilungsprozess des Erzählers.

Der Inhalt

Un secret von Philippe Grimbert erzählt die autobiografisch inspirierte Familiengeschichte eines Ich-Erzählers, der, als er 15 Jahre alt ist, von seiner Nachbarin Louise ein lang gehütetes Familiengeheimnis erfährt: Seine Eltern Maxime und Tania sind Juden und waren, bevor sie ein Paar wurden, schon mit jeweils anderen Partnern, Hannah und Robert, verheiratet, die Opfer des Zweiten Weltkriegs und der Judenverfolgungen wurden.

Schon seit seiner frühen Kindheit ist dem Erzähler bewusst, dass über seiner Familie ein Schatten liegt, den er aber nicht benennen kann. Um als Einzelkind nicht alleine zu sein, erfindet er sich, nachdem er auf dem Dachboden einen kleinen Plüschhund gefunden hat, einen starken und attraktiven großen Bruder, mit dem er von diesem Moment an eng verbunden ist, der ihm aber auch immer mehr zum ungeliebten Konkurrenten wird. Gleichzeitig muss er um die Liebe seines über alle Maßen disziplinierten und sportlichen Vaters kämpfen, der, ebenso wie seine Mutter Tania, das genaue Gegenteil des Ich-Erzählers ist. Aus den wenigen Informationen, die ihm aus seiner Familie zukommen, erfindet er die Geschichte seiner Eltern: Maxime, Sohn immigrierter rumänischer Juden, ist ein selbstbewusster junger Mann, der Tania beim Sport kennenlernt und sich sofort in sie verliebt. Sie heiraten und übernehmen das Strickwarengeschäft von Maximes Vater. Während der Besatzungszeit fliehen sie über die Demarkationslinie nach St. Gaultier und verbringen dort zwei friedliche und romantische Jahre abseits von allen Kriegs- und Besatzungswirren. Nach ihrer Rückkehr nach Paris wird der Erzähler geboren.

Doch eines Tages wird der Ich-Erzähler in der Schule mit einem Dokumentarfilm über die Konzentrationslager konfrontiert und berichtet anschließend Louise, wie er über einen Mitschüler, der antisemitische Witze macht, hergefallen ist. Louise, seine Vertraute, erzählt ihm daraufhin Stück für Stück die wahre Geschichte seiner Familie: Nachdem Hannah und Maxime geheiratet haben, bekommen sie einen Sohn namens Simon, der ganz dem körperlich-sportlichen Ideal seines Vaters entspricht und auf den Maxime besonders stolz ist. Schon bei der Hochzeit mit Hannah verliebt sich Maxime aber in seine Schwägerin Tania, eine blonde, sportliche Schönheit, die kurze Zeit später von Lyon nach Paris zieht und deren Mann Robert im Laufe des Zweiten Weltkriegs an die Ostfront einberufen wird und dort später an Typhus stirbt. Hannah, deren ganzer Lebensinhalt ihre Familie ist, bemerkt die Faszination ihres Mannes für Tania und reagiert bestürzt. Als auch in Paris die Verhaftungen und Deportationen von französischen Juden beginnen, beschließt die Familie – neben Maxime, Simon, Hannah und Tania auch ihre Verwandten Georges und Esther – über die Demarkationslinie nach St. Gaultier zu fliehen. Nach Ankunft der Männer in St. Gaultier sollen die Frauen mit Simon folgen. Kurz vor der Abfahrt erhält Hannah jedoch zwei bestürzende Nachrichten: ihre Eltern wurden deportiert und Maxime berichtet in einem Brief von Tanias Ankunft in St. Gaultier. Sie reagiert mit zunehmender Lethargie. In einer Gaststätte kurz vor Überquerung der Demarkationslinie wird die Gruppe der Frauen, zu der auch die Freundin der Familie, Louise, gehört, von deutschen Offizieren kontrolliert. Hannah legt bei dieser Kontrolle sowohl ihren gefälschten als auch ihren echten, mit dem jüdischen Stempel versehenen Pass auf den Tisch und wird, gemeinsam mit ihrem Sohn Simon, sofort verhaftet und abtransportiert. Louise und Esther können dem Geschehen nur ohnmächtig beiwohnen und berichten nach ihrer Ankunft in St. Gaultier von einem tragischen Versehen Hannahs. Nach einiger Zeit der Trauer und Zurückgezogenheit finden Maxime und Tania zueinander, kehren nach Paris zurück und heiraten. Schließlich wird der Erzähler geboren, der – ganz im Gegensatz zu seinem Halbbruder Simon – ein kränkliches und schmächtiges Kind ist. Das Schicksal Hannahs und Simons wird unter einem Mantel des Schweigens begraben, die Schatten des Familiengeheimnisses bemerkt aber auch der Erzähler.

Nachdem er von der tragischen Familiengeschichte erfahren hat, setzt er als junger Erwachsener eigenständig die Recherche nach Hannah und Simon im *Centre de documentation juive contemporaine* fort und entdeckt, dass beide am Tag ihrer Ankunft in Auschwitz vergast wurden. Mit dem Wissen über die Vergangenheit seiner Familie setzt beim Erzähler ein physischer und psychischer Heilungsprozess ein. Dieser führt auch dazu, dass der Erzähler mit seinem Vater über das Familiengeheimnis spricht und ihn von einer jahrelang getragenen Last befreit. Während Maxime, dem das Älterwerden schwerfällt, sich gemeinsam mit seiner seit einer Gehirnblutung behinderten Frau Tania in den Tod stürzt, entscheidet sich der Erzähler, nach dem Abitur Psychologie zu studieren.

Als er viele Jahre später mit seiner Tochter über den Hundefriedhof der Tochter Pierre Lavals spaziert und dort die liebevollen Inschriften für die Hunde erblickt, beschließt er, Hannah und Simon ein würdiges Andenken zu setzen. Er übergibt ihre Geschichte und Bilder an die *Fondation Klarsfeld*. Das dort veröffentlichte Buch über die Deportation jüdischer Kinder aus Frankreich ist für den Erzähler das Grab, das sein Bruder Simon niemals hatte.

L'auteur

Philippe Grimbert, né en 1948, est un écrivain et psychanalyste français. Après ses études de psychologie et quelques années de pratique psychanalyste, il s'installe comme thérapeute à Paris et y ouvre son propre cabinet. Dans le domaine de la psychanalyse il s'intéresse surtout à la pédopsychiatrie et à l'autisme.

Philippe Grimbert a publié plusieurs essais, surtout au sujet de la psychanalyse, et quatre romans dont *Un secret*, un roman qui révèle une partie de son histoire personnelle. La découverte du secret familial par l'auteur adolescent sera à l'origine de son futur métier de psychanalyste. *Un secret* s'est vu décerner le prix Goncourt des Lycéens en 2004 et le Grand Prix littéraire des lectrices de *Elle* en 2005 et a été adapté au cinéma par Claude Miller. Philippe Grimbert lui-même a interprété le rôle du passeur clandestin dans ce film.

Vorüberlegungen zum Einsatz des Romans im Unterricht

Un secret von Philippe Grimbert ist die spannende und anrührende Geschichte der Aufdeckung eines schrecklichen Familiengeheimnisses, das die individuelle Geschichte des Erzählers und seiner Familie mit der kollektiven Geschichte der französischen Juden in der Zeit der Besetzung Frankreichs durch die Nationalsozialisten verbindet.

Das Werk besticht durch seine Vielschichtigkeit in Vokabular, Personendarstellung, Stil und Erzählstruktur. Erst ganz allmählich und auf vielen erzählerischen Umwegen versteht der Leser den ersten, äußerst enigmatischen Satz „Fils unique, j'ai longtemps eu un frère". Die Lektüre von *Un secret* als authentischem literarischem Werk empfiehlt sich daher gegen Ende der Kursstufe (Niveau B2 nach dem europäischen Referenzrahmen), bietet dann aber zahlreiche Anknüpfungsmöglichkeiten sowohl an die Lebenswelt der Schülerinnen und Schüler (im Folgenden nur noch „Schüler" genannt) als auch an den Bildungsplan.

Voraussetzung für das Verständnis des Romans ist zunächst die Kenntnis der deutsch-französischen Beziehungen und dabei vor allem die Zeit des Zweiten Weltkriegs (*collaboration et résistance*). Dabei sollten auch die französische Erinnerungskultur und Vergangenheitsbewältigung thematisiert werden, insbesondere dann, wenn am Ende des Romans auf Serge und Beate Klarsfeld und das *Mémorial de la Shoah* rekurriert wird.

Neben diesen politisch-historischen Aspekten, die im Unterricht Anlass zur Auseinandersetzung mit der deutsch-französischen Vergangenheit und Gegenwart bieten und damit die interkulturelle Kompetenz der Schüler stärken, spielt das Thema Identitätsbildung und „Apprentissage de la vie" eine große Rolle. Der Erzähler nimmt das Verhältnis zu seinen Eltern und seinem imaginären Bruder, seine eigene physische und psychische Entwicklung und die Suche nach der eigenen Identität in den Blick. Diese Identitätssuche, die einen direkten Verknüpfungspunkt mit der Lebensrealität der Schüler bildet, gestaltet sich aufgrund des unbewusst auf ihm lastenden Familiengeheimnisses schwierig, gelingt aber schließlich, ähnlich wie in der Resilienz-Forschung untersucht.

Das vorliegende Unterrichtsmodell zu *Un secret* ist kompetenzorientiert gestaltet. Im Vordergrund der Erarbeitung stehen dabei die Entwicklung der kommunikativen Fähigkeiten und Fertigkeiten sowie der Lesekompetenz. Anhand des Originaltextes und unterschiedlicher Materialien (Sachtexte, Karikaturen, Bilder, Filmausschnitte, Chanson), die in Ergänzung zum eigentlichen Textkorpus aufgenommen wurden, erweitern die Schüler ihre Kompetenzen in den Bereichen Hör- und Leseverstehen, Schreiben und Sprachmittlung. Zusätzlich bietet das Unterrichtsmodell Übungen zum Ausbau der lexikalischen und grammatischen Kompetenz. Die Arbeitsanweisungen berücksichtigen dabei jeweils die unterschiedlichen Anforderungsbereiche von reiner Wiedergabe (*compréhension*) über Analyse (*analyse*) von Sachverhalten bis hin zu ihrer Beurteilung und Bewertung (*commentaire*). Zur Weiterentwicklung der Sozial- und Methodenkompetenz kann eigenständiges Arbeiten ebenso eingefordert werden wie die gemeinsame Arbeit in Gruppen.

Nicht zuletzt ist der autobiografisch inspirierte Roman *Un secret* aber ein Werk, das auch bei jungen Lesern großen Erfolg hatte, wie die Verleihung des „Prix Goncourt de la jeunesse" im Jahr 2004 zeigt. Er eignet sich daher in besonderem Maße zur Schulung der personalen Kompetenz und Empathiefähigkeit. In der Auseinandersetzung mit der exemplarischen Geschichte des Erzählers können die Schüler Fragen an ihre eigene Entwicklung zu Erwachsenen aufwerfen und Haltungen differenziert überdenken.

Für eine über *Un secret* hinausgehende Beschäftigung mit den genannten Themen empfehlen sich der Film *Elle s'appelait Sarah* und der Roman *Un si terrible secret* von Evelyne Brisou-Pellen, die zahlreiche Anknüpfungspunkte bieten.

Konzeption des Unterrichtsmodells

Das vorliegende Unterrichtsmodell umfasst sieben Module – eines für jedes Kapitel des Romans (*Modules 1–6*) sowie ein Modul, das dem geschichtlichen Hintergrund gewidmet ist (Einstiegsmodul). Dieses erste Modul muss nicht am Stück unterrichtet werden, sondern einzelne Unterkapitel daraus können während der Arbeit am Roman nach Bedarf eingesetzt werden. Es empfiehlt sich, das erste Unterkapitel (*1. La France occupée*) vor Beginn der Lektüre zu bearbeiten, sodass die Schüler dank des Hintergrundwissens die Anspielungen in Kapitel I verstehen können. Das zweite Unterkapitel (*2. Collaboration et résistance*) kann im Zusammenhang mit Kapitel II, spätestens jedoch bei der Lektüre von Kapitel IV eingesetzt werden. Zu Kapitel V und VI passt das dritte geschichtliche Unterkapitel (*3. Le travail de mémoire*).

Der Aufbau der Module 1–6 setzt eine chronologische Vorgehensweise voraus und ist auf unterrichtsbegleitendes Lesen mit abwechselnden Phasen intensiven und extensiven Lesens ausgelegt. Es gibt mehrere Gründe, *Un secret* nicht im Ganzen vorbereitend lesen zu lassen: Zum einen spricht die angesprochene Vielschichtigkeit des Werks dagegen, zum anderen eröffnet das unterrichtsbegleitende Lesen eine Vielzahl an Möglichkeiten der kreativen Sprachproduktion und Hypothesenbildung. Um diese auszuschöpfen, schlagen die einzelnen Module jeweils mehrere Aktivitäten *avant, pendant* und *après la lecture* vor. Darunter finden sich kreative sowie handlungsorientierte Aufgaben, die das Interesse der Schüler an der weiteren Lektüre des Romans wecken sollen.

Im Sinne der Kompetenzorientierung stehen in diesen Aktivitäten abwechselnd die unterschiedlichen Teilkompetenzen im Vordergrund. Neben Aufgaben zum Leseverstehen (mit geschlossenen Aufgaben: 2., 1.1, 3.1, 3.2, 4.3, 4.4, 5.2) sind Übungen zum Hör-(Seh-)Verstehen (1., 1.1, 4.5, 6.1, 6.3) und zur Sprachmittlung (3., 3.1) enthalten. Die verschiedenen Teilbereiche der schriftlichen Sprachproduktion – kreativ, kommentierend und analytisch – werden anhand zahlreicher Aufgabenstellungen gleichermaßen geübt, einige davon unterstützt durch methodische Hinweise in Form von kopierbaren Kästen unter der Überschrift *Méthodologie*, sodass diese abiturrelevanten Textsorten mit den Schülern wiederholt werden können. Da die Mündlichkeit durch die Bildungsplanreformen der letzten Jahre und die neuen Prüfungsformate an Wichtigkeit gewonnen hat, enthält das vorliegende Unterrichtsmodell mehrfach Übungen zum Sprechen. Trotz diverser Angebote zu den unterschiedlichen Teilbereichen liegt ein Schwerpunkt auf der intensiven Beschäftigung mit dem literarischen Primärtext und damit auf dem Anforderungsbereich II (Analyse), da dieser Bereich meist die größte Herausforderung für Schüler darstellt.

Möglichkeiten zur (Binnen-)Differenzierung sowie zum kooperativen Lernen bieten Internetrecherchen, arbeitsteilig konzipierte Gruppenarbeiten und verschiedene Auswahlmöglichkeiten bei den Aufgabenstellungen.

Des Weiteren enthalten die Module immer wieder Wortschatzsammlungen zu einzelnen Themen (z. B. *Décrire des personnages, le secret, la confiance*) und eine Zusammenfassung der Erzählzeiten inklusive Übung, sodass begleitende Spracharbeit möglich ist.

Außerhalb der Module stehen zwei **Klausurvorschläge** zur Verfügung – einer auf der Grundlage eines Leseverstehens, der andere enthält eine Sprachmittlung.

Module

Le contexte historique

Da der Roman *Un secret* ohne fundiertes Wissen über den geschichtlichen Hintergrund nicht auskommt, wird im vorliegenden Modul der Schwerpunkt auf die historische Orientierung der Schülerinnen und Schüler gelegt. Dabei steht die Besetzung Frankreichs durch das nationalsozialistische Regime im Vordergrund. Außerdem werden einige Aspekte beleuchtet, die für das Verständnis des Romans eine besondere Rolle spielen, so das Thema „Collaboration et Résistance", das Engagement von Serge und Beate Klarsfeld und die französische Erinnerungskultur.
Es bleibt den unterrichtenden Kolleginnen und Kollegen vorbehalten, an welcher Stelle der Unterrichtseinheit sie die folgenden Elemente einsetzen.

1. La France occupée

Die besondere Situation Frankreichs im Zweiten Weltkrieg lässt sich anhand einer Geschichtskarte sehr gut visualisieren. Die Karte erlaubt es den Schülern, sich räumlich im von den deutschen Truppen besetzten Frankreich zu orientieren und erste historische Begriffe zu erklären. Gleichzeitig kann eventuelles Vorwissen reaktiviert werden. Die Karte wird auf einer Folie (*Page à copier 1*) gezeigt und von den Schülern mithilfe folgender Aufgabenstellung beschrieben:

> Répondez en mots-clés aux questions suivantes, puis faites une synthèse de toutes les informations contenues dans la carte.
>
> - Quel est le titre de la carte?
> - Quelle période historique et quel espace géographique est-ce qu'elle montre?
> - Quelles sont les indications données dans la légende?
> - Quelles sont les informations données sur la carte elle-même (pays, zones occupées, frontières …)?
>
> **Erwartungshorizont:**
>
> *La carte montre la situation de la France en 1940 au moment de l'occupation du pays par les troupes allemandes. La légende indique que les différentes couleurs correspondent aux différentes zones en lesquelles est divisée la France. De plus, on y trouve les symboles pour les camps d'internement de Vichy et ceux de l'Allemagne. Ces derniers se trouvent surtout dans les alentours de Paris (p. ex. Drancy ou Pithiviers) pendant que les camps du régime de Vichy se situent principalement autour de Toulouse dans le sud-ouest de la France (p. ex. Gurs, Rivesaltes). La France entière est divisée en plusieurs zones dont les plus grandes sont la «zone d'occupation allemande» dans le nord et la zone «libre» dans le sud de la France. La capitale de la zone «libre» est Vichy (écrite en majuscules).*
>
> *A part cela, on découvre aussi la zone d'occupation italienne dans le sud-est de la France et une partie rattachée au commandement de Belgique. L'Alsace-Lorraine est entièrement annexée par l'Allemagne et deux zones dont une réservée et une interdite se situent le long des frontières allemandes.*

Module: Le contexte historique

 In einem weiteren Schritt werden die wichtigsten historischen Begriffe in einer kurzen Wortschatzarbeit gesichert (*Page à copier 2*). Anschließend ordnen die Schülerinnen und Schüler Daten und Ereignisse aus der Zeit des Zweiten Weltkriegs auf einem Zeitpfeil (Lösung siehe *Page à copier 3*).

Lösung zu *Page à copier 2*:

a.	la drôle de guerre	période de huit mois pendant laquelle la guerre entre la France et l'Allemagne est déclarée mais n'est pas menée	1.
b.	la ligne Maginot	ligne de fortifications construite pour la défense de la France contre l'Allemagne entre 1928 et 1940	2.
c.	la débâcle	défaite de l'armée française en 1940	3.
d.	l'armistice	accord entre plusieurs gouvernements qui met fin à des hostilités entre deux armées	4.
e.	la ligne de démarcation	limite entre la zone libre et la zone occupée par l'Allemagne nazie entre 1940 et 1942	5.
f.	l'entrevue de Montoire	rencontre entre le maréchal Pétain et Hitler pendant laquelle on entre «dans la voie de la collaboration»	6.
g.	la «Rafle du Vél' d'Hiv»	arrestation au Vélodrome d'Hiver, en 1942, de 13 000 Juifs parisiens dont la plupart seront déportées au camp d'extermination Auschwitz-Birkenau	7.
h.	la milice	unité paramilitaire française qui luttait contre la Résistance et participait aussi à l'arrestation des Juifs français	8.
i.	la collaboration	la coopération politique, idéologique, militaire, économique et administrative du régime de Vichy avec l'Allemagne nazie	9.
j.	la résistance	opposition qui lutte contre le régime de Vichy et la force d'occupation allemande	10.
k.	le débarquement	arrivée des troupes alliées sur les côtes de la Normandie	11.

Lösungen zu *Page à copier 3*:

Dates	Evénements
3 septembre 1939	La France déclare la guerre à l'Allemagne. C'est le début de la «drôle de guerre».
10 mai au 22 juin 1940	La guerre se termine par une défaite militaire totale de la France (la «débâcle»). L'armistice est signé à Rhetondes.
18 juin 1940	Le général de Gaulle lance de Londres son appel à continuer le combat.
10 juillet 1940	Le maréchal Pétain obtient les pleins pouvoirs ce qui signifie la fin de la Troisième République et le début du Régime de Vichy.

24 octobre 1940	Pétain et Hitler se rencontrent à Montoire.
16 juillet 1942	La «Rafle du Vél' d'Hiv» à Paris.
Janvier 1943	Création de la milice française.
6 juin 1944	Les Alliés débarquent en Normandie.
19 août 1944	Paris est libéré.
8 mai 1945	Fin de la Seconde Guerre mondiale.

Tout au long de la frise chronologique, les élèves pourront noter les termes «collaboration» et «résistance».

Carte de la France occupée 1940

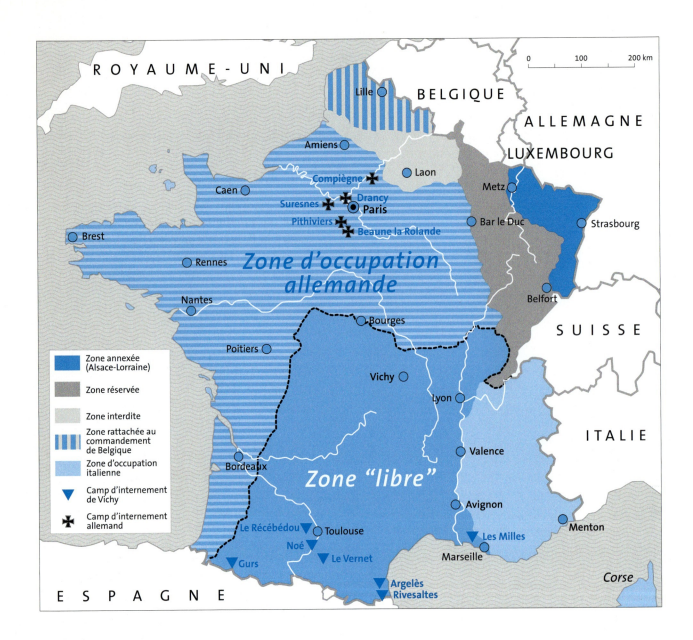

Termes historiques

Trouvez les explications qui correspondent aux termes historiques.

a.	la drôle de guerre	1.	limite entre la zone libre et la zone occupée par l'Allemagne nazie entre 1940 et 1942.
b.	la ligne Maginot	2.	opposition qui lutte contre le régime de Vichy et la force d'occupation allemande
c.	la débâcle	3.	arrivée des troupes alliées sur les côtes de la Normandie
d.	l'armistice	4.	unité paramilitaire française qui luttait contre la Résistance et participait aussi à l'arrestation des Juifs français
e.	la ligne de démarcation	5.	période de huit mois pendant laquelle la guerre entre la France et l'Allemagne est déclarée mais n'est pas menée
f.	l'entrevue de Montoire	6.	accord entre plusieurs gouvernements qui met fin à des hostilités entre deux armées.
g.	la «Rafle du Vél' d'Hiv»	7.	ligne de fortifications construite pour la défense de la France contre l'Allemagne entre 1928 et 1940.
h.	la milice	8.	défaite de l'armée française en 1940
i.	la collaboration	9.	arrestation au Vélodrome d'Hiver, en 1942, de 13 000 Juifs parisiens dont la plupart seront déportées au camp d'extermination Auschwitz-Birkenau
j.	la résistance	10.	la coopération politique, idéologique, militaire, économique et administrative du régime de Vichy avec l'Allemagne nazie.
k.	le débarquement	11.	rencontre entre le maréchal Pétain et Hitler pendant laquelle on entre «dans la voie de la collaboration»

Frise chronologique

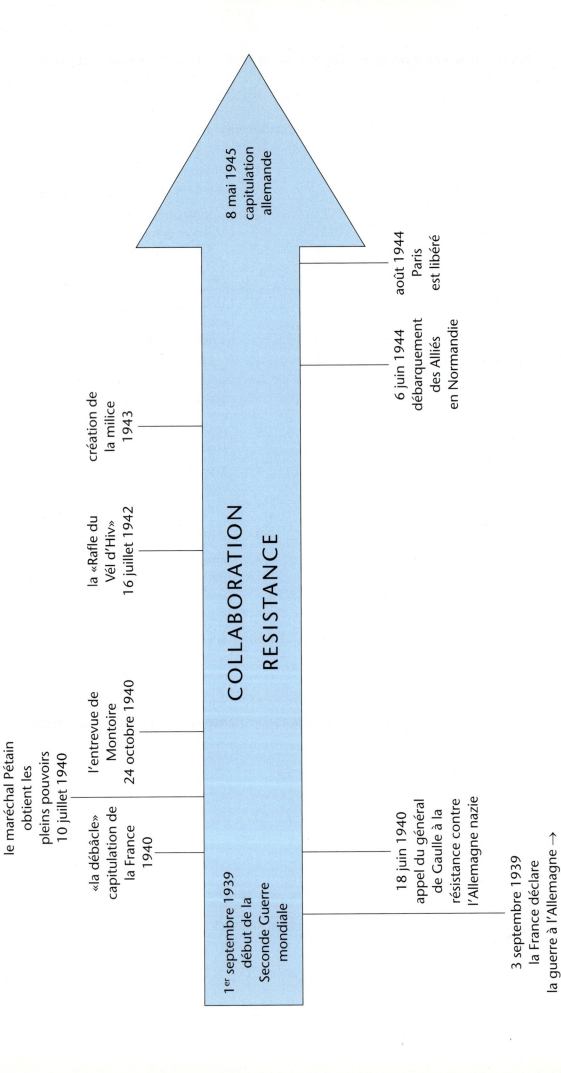

Module: Le contexte historique

Um die Absichten und Ziele des Vichy-Regimes zu konkretisieren, wird im Internet folgender Kurzfilm mit dem Titel „La Seconde Guerre mondiale: la naissance du régime de Vichy (4)" (1:30') angesehen und mithilfe der *Page à copier 4* erarbeitet.

http://www.youtube.com/watch?v=Lv_VTGpO2tE [04.06.2014]

Transkription:
Le premier juillet 1940 le maréchal Pétain et son gouvernement s'installent dans la ville de Vichy, une station thermale réputée. Le 10 juillet, par vote des deux chambres, le maréchal Pétain obtient les pleins pouvoirs. C'est la fin de la Troisième République et le début de ce que l'on a appelé le régime de Vichy qui se veut autoritaire. Avec son premier ministre, Pierre Laval, Pétain appelle les Français à une révolution nationale dont la devise est travail, famille, patrie. Le rapprochement avec l'Allemagne nazie s'exécute véritablement lors de l'entrevue de Montoire en octobre 1940. Le maréchal Pétain y annonce solennellement d'entrer aujourd'hui dans la voie de la collaboration.
Pétain cherche surtout à obtenir la libération des prisonniers français, la diminution des frais d'occupation et des précisions sur les conditions du traité de paix avec l'Allemagne.
Laval, qui souhaite un rapprochement étroit entre les deux pays, est arrêté en décembre 1940. Néanmoins, le régime de Vichy entre de plein pied dans la collaboration avec les nazis et affiche bientôt son hostilité envers la franc-maçonnerie et la communauté juive.

Lösung zu *Page à copier 4*:

1. Où est fondé le nouveau régime français? à Vichy

2. Le maréchal Pétain dirige le gouvernement.   vrai ☒   faux ☐

3. La devise du nouveau régime est
   liberté, égalité, fraternité   ☐
   sacrifice, révolution, nation   ☐
   travail, famille, patrie   ☒

4. L'entrevue de Montoire est une rencontre entre
   Pétain et les prisonniers français   ☐
   Pétain et Hitler   ☒
   Hitler et les prisonniers français   ☐

5. Nommez les buts de la collaboration franco-allemande que poursuivent Pétain et Laval.
   – libérer les prisonniers français
   – diminuer les frais d'occupation
   – préciser les conditions du traité de paix avec l'Allemagne

6. Qui seront les principales victimes du nouveau régime de Vichy?
   a. les Juifs   ☒
   b. les nazis   ☐
   c. les prisonniers de guerre   ☐
   d. les francs-maçons   ☒

Pétain et le régime de Vichy

Regardez le film et répondez aux questions ou cochez la/les bonne(s) réponse(s).

1. Où est fondé le nouveau régime français?
   _____

2. Le maréchal Pétain dirige le gouvernement. vrai ☐ faux ☐

3. La devise du nouveau régime est
   a. liberté, égalité, fraternité ☐
   b. sacrifice, révolution, nation ☐
   c. travail, famille, patrie ☐

4. L'entrevue de Montoire est une rencontre entre
   a. Pétain et les prisonniers français ☐
   b. Pétain et Hitler ☐
   c. Hitler et les prisonniers français ☐

5. Nommez les buts de la collaboration franco-allemande que poursuivent Pétain et Laval.
   - _____
   - _____
   - _____

6. Qui seront les principales victimes du nouveau régime de Vichy ?
   a. les Juifs ☐
   b. les nazis ☐
   c. les prisonniers de guerre ☐
   d. les francs-maçons ☐

Module: Le contexte historique

2. Collaboration et résistance

Auch wenn in *Un secret* das Thema „collaboration et résistance" nicht im Vordergrund steht, so taucht es doch an unterschiedlichen Stellen auf: so etwa in Kapitel 4 in der langen Beschreibung der Besetzung von Paris durch die Deutschen wie z. B. auch in der Gestalt des „passeur", der die Familie über die Demarkationslinie nach Saint-Gaultier bringt. Die folgenden Materialien können eingesetzt werden, um beide Aspekte mit den Schülerinnen und Schülern tiefgreifender zu bearbeiten und zu diskutieren (*Page à copier 5*).

Der Text «La politique de collaboration» gibt grundlegende historische Informationen zu diesem Thema. Das Plakat zeigt den Aufruf des Général de Gaulle zum Widerstand gegen die deutsche Besetzung. Das Plakat wurde v. a. in London ausgehängt, aber im August 1940 auch im *Bulletin des forces françaises libres* publiziert. Ihm kam eine stark symbolische Wirkung beim Aufbau der Résistance zu. Im Unterricht kann anhand des Plakats die Bildbeschreibung und Bildanalyse eingeübt werden. Zusätzlich lässt sich de Gaulles Botschaft auch stilistisch interpretieren.

Das Plakat ist im Internet auf der folgenden Seite zu finden, sodass es als Farbfolie ausgedruckt werden kann:

http://www.charles-de-gaulle.org/pages/l-homme/accueil/discours/pendant-la-guerre-1940-1946/appel-du-18-juin-1940.php [25.01.2014]

> **Lösungen bzw. Erwartungshorizont zu *Page à copier 5*:**
>
> **1. und 2.**
>
> | la collaboration économique | la collaboration militaire | la collaboration idéologique |
> |---|---|---|
> | • la France fournit des denrées alimentaires à l'Allemagne
• la France crée le STO (le Service de travail obligatoire) qui oblige des Français à travailler en Allemagne pendant deux ans (une main d'œuvre qualifiée!) | • création de la milice en 1943: la milice aide entre autres les Allemands à poursuivre et arrêter les Juifs et les résistants à l'occupant | • l'idéologie national-socialiste attire aussi des Français dont surtout des intellectuels |
>
> **3.** individuelle Antworten
>
> **4.** L'affiche est encadrée des couleurs du drapeau français, de plus on trouve deux drapeaux croisés au-dessus du texte. Le titre «A tous les Français» est écrit en gros caractères ainsi que le message en bas de l'affiche «Vive la France». Le sous-titre «La France a perdu une bataille! Mais la France n'a pas perdu la guerre!», écrit en italiques, est suivi de l'appel du général de Gaulle. A la fin, on trouve la signature du général de Gaulle et l'adresse du quartier général de la France libre. Tout en bas à gauche, l'affiche est reproduite en anglais.
>
> **5.** Le général de Gaulle s'adresse à tous les Français pour leur demander de se joindre à lui dans la lutte pour la libération de la France. Il les encourage en disant que la lutte n'est pas encore finie, qu'elle s'inscrit dans le contexte d'une guerre mondiale et que, à l'avenir, la France retrouvera «sa liberté et sa grandeur».

6. Les élèves pourront constater que
- le terme «France» apparaît quatre fois dans le texte
- la première phrase du texte, écrite au passé composé, décrit la situation désespérée de la France à l'aide d'une gradation («cédant à la panique, oubliant l'honneur, livrant le pays à la servitude»); après, de Gaulle utilise le futur simple («ces forces écraseront l'ennemi») pour montrer sa vision contraire du futur de la France
- le texte fait appel aux émotions des Français: la situation est dramatisée avec l'opposition entre «la mort» («notre patrie est en péril de mort») et «la vie» («Vive la France»)
- de Gaulle utilise aussi des termes religieux comme «sacrifice» et «espérance»
- certaines idées sont répétées pour insister sur leur importance («rien n'est perdu», «tel est mon but, tel est mon seul but»)
- les pronoms personnels «moi» et «je» réapparaissent quatre fois pour montrer que de Gaulle se trouve au centre de la résistance
- le caractère encourageant du message est aussi souligné par les propositions exclamatives

La collaboration et la résistance

La politique de collaboration (informations)

L'Etat français mène, dès 1940, une politique de collaboration avec l'Allemagne nazie. Le mot est utilisé par Pétain après sa rencontre avec Hitler lors de l'entrevue de Montoire le 24 octobre 1940. Après la guerre, les défenseurs de Vichy soutiennent qu'une telle politique leur a été imposée par les circonstances. En revanche, beaucoup d'historiens – notamment l'Allemand E. Jäckel, puis l'Américain R. Paxton – ont interprété cette politique comme un choix délibéré de Pétain et de Laval. Le souhait de préserver une apparence de souveraineté et l'idée d'obtenir un traité de paix avantageux après la victoire définitive de l'Allemagne (à laquelle ils croient) les auraient poussés à des concessions de plus en plus nombreuses.

Cette collaboration a revêtu plusieurs aspects […] Elle est économique: la France participe indirectement à la machine de guerre allemande, par la livraison de denrées agricoles et la fabrication de matériel militaire, ainsi que par la mise en place, à partir de 1943, du Service du travail obligatoire (STO) qui draine vers l'Allemagne une main-d'œuvre française qualifiée. Elle est aussi militaire avec notamment la création, en janvier 1943, de la Milice, qui épaule les Allemands dans la chasse aux résistants et aux Juifs. Elle est également idéologique, dans le cas d'intellectuels attirés par le fascisme ou le nazisme.

Jean-Michel Lambin (éd.): Histoire 1ère ES – L – S, Hachette Education, Paris 2002, p. 327s.

imposer qc à qn – obliger qn à faire qc

les denrées (f) – les aliments

drainer – attirer

1. Résumez les différents points de vue à l'égard de la politique de collaboration.
2. Relevez les différentes formes de collaboration mentionnées dans le texte.
3. La politique de collaboration: «une politique imposée par les Allemands» ou un «choix délibéré»? Donnez votre avis.
4. Décrivez l'affiche.
5. Résumez le message de de Gaulle.
6. Comment de Gaulle encourage-t-il les Français à lutter avec lui? Analysez le style du message.

3. Le travail de mémoire

Der Erzähler von *Un secret* verweist am Ende des Romans auf das „Mémorial de la Shoah" und die Dokumentationsarbeit von Serge und Beate Klarsfeld. Es empfiehlt sich sehr, mit den Schülern auf der Internetseite des *Mémorial de la Shoah* eine Recherchearbeit vorzunehmen. Hier finden sich zahlreiche Videodokumentationen, u. a. Zeitzeugeninterviews sowie Berichte über deportierte Kinder:

http://www.ressources-audiovisuelles.memorialdelashoah.org/#

Hervorzuheben ist vor allem folgende Dokumentation: „Lettres d'enfants cachés" (11:37')

Auf der Seite http://www.grenierdesarah.org/ findet sich ein *espace pédagogique,* der speziell für französische Schulen konzipiert ist. Hier können die Schülerinnen und Schüler sich eigenständig über die Geschichte Frankreichs im Zweiten Weltkrieg, aber auch über zahlreiche Einzelschicksale von jüdischen Kindern in dieser Zeit informieren.

Zur weitergehenden Information über Serge und Beate Klarsfeld lässt sich der auf *Page à copier 6* zu findende Sprachmittlungstext nutzen.

Ein weiterer Meilenstein in der französischen Vergangenheitsbewältigung war die offizielle Anerkennung der Mitschuld Frankreichs an den Judendeportationen in Jacques Chiracs Rede anlässlich der Gedenkveranstaltung zur „Rafle du Vélodrome d'Hiver" 1995. *Page à copier 7* bietet eine gekürzte Fassung der Rede mit Verständnisfragen und Aufgaben zu Analyse und Kommentar.
Für einen sehr emotionalen Einblick in die schrecklichen Ereignisse der „Rafle du Vél' d'Hiv" eignen sich Ausschnitte aus dem Film *Elle s'appelait Sarah*.

> **Erwartungshorizont zu *Page à copier 6*:**
>
> 1. L'avocat Serge Klarsfeld et sa femme Beate sont connus pour leur lutte contre l'oubli et la dissimulation des crimes nazis. C'est sur la base de leurs recherches et de celles de l'association des «Fils et filles de déportés juifs de France» fondée par eux qu'on a découvert plusieurs anciens coupables nazis. L'ancien chef de la Gestapo de Lyon par exemple a été retrouvé en Bolivie et, à l'initiative de Serge et Beate Klarsfeld, kidnappé pour être jugé en France. De même, le chef de la Gestapo à Paris a été condamné sur la base de preuves réunies par ce couple. Pour soutenir les accusations, Serge Klarsfeld a aussi publié le «Mémorial de la déportation des Juifs de France» en 1978.
>
> 2. Le «Mémorial des enfants juifs déportés de France» est un ouvrage de 552 pages qui rassemble les noms, les dates de naissance et les adresses des 11 000 enfants juifs déportés de France entre mars 1942 et août 1944. Serge Klarsfeld a dressé cette liste sur la base d'anciennes listes de déportations et d'informations trouvées dans les archives. Mais comme la majeure partie de l'ouvrage montre des photos des familles des enfants déportés, de leurs amis, de leur vie quotidienne, le livre n'apparaît pas comme énorme statistique, mais comme un travail de commémoration impressionnant et bouleversant.
>
> 3. Pourquoi Serge Klarsfeld a-t-il publié cette œuvre? En premier lieu, il est d'avis que les crimes considérés comme crimes contre l'humanité sont surtout ceux qui font du mal aux innocents, aux enfants qui ne nuisent à personne. Il commémore ainsi le destin de 11 000 enfants tués par les nazis et

leurs collaborateurs français. De plus, d'après Serge Klarsfeld, ces événements doivent rester gravés dans la mémoire des jeunes gens d'aujourd'hui. Pour cela, ils doivent être conscients du fait que la persécution systématique des Juifs a aussi eu lieu dans leur pays, dans chaque département et dans chaque ville qui hébergeait des Juifs.

Erwartungshorizont zu *Page à copier 7*:

1. – les événements de la rafle du Vélodrome d'Hiver sont en contradiction avec l'image de son pays et sans doute l'image de la plupart des Français
   – ils font tache dans la longue histoire française
   – il est difficile de trouver les mots justes pour parler de cette horreur en présence de ceux qui l'ont vécue
   – il doit avouer la responsabilité de l'État français

2. – 450 policiers et gendarmes français ont arrêté environ 10 000 Français juifs, les ont emmenés aux commissariats de police avant leur déportation
   – il y avait quelques exceptions où les policiers ont laissé les Juifs s'échapper

3. Il est nécessaire de rappeler l'histoire, surtout auprès des jeunes, pour défendre la liberté et l'humanité contre ceux qui la menacent aujourd'hui

4. – beaucoup de Français ont rejoint la résistance après les événements de 1942
   – de nombreuses familles ont caché des familles juives pour qu'elles ne soient pas déportées
   – en plus, il mentionne de Gaulle

5. – d'un côté, au début, il accentue l'horreur de ce que la communauté juive a subi, détaille les événements sur le sol français et déclare la responsabilité de l'État français et des Français
   – de l'autre, il avance les bonnes actions et les valeurs de la France, surtout vers la fin du discours, pour réconcilier son audience

6. individuelle Antworten

Serge et Beate Klarsfeld

En 1994, Serge Klarsfeld, avocat et historien a publié un livre sur la déportation des enfants juifs en France pendant la Seconde Guerre mondiale. En vous basant sur l'article de journal suivant, présentez
1. Serge Klarsfeld,
2. son livre «Le Mémorial des enfants juifs déportés de France»
3. et les raisons pour lesquelles il l'a publié.

Auf dem Foto blickt Rosa Farber ernst, ein leiser Anflug spöttischen Lächelns spielt um ihre Lippen. [...] Sie trägt ein dunkles Kleid, eine weiße Strickjacke, das Haar gescheitelt. Rosa Farber wurde am 18. September 1932 in Paris geboren. Genau zehn Jahre später, am 18. September 1942, wurde sie deportiert. Es war der Transport Nr. 34, der sie an diesem Tag zusammen mit 92 Jungen und 70 Mädchen jüdischer Herkunft in eines der zahlreichen Sammellager in Frankreich brachte. [...]

11000 jüdische Kinder fielen in Frankreich während der deutschen Besatzungszeit 1940–44 der Deportation zum Opfer. Ihnen hat Serge Klarsfeld jetzt mit seinem über 500 Seiten umfassenden „Mémorial des Enfants juifs déportés de France" ein ebenso eindrucksvolles wie erschütterndes Denkmal gesetzt. „In meinen Augen ist das Verbrechen gegen die Menschlichkeit vor allem dasjenige, das an den Unschuldigen begangen wird, jenen, die niemandem Schaden zufügen, in erster Linie also die Kinder", schreibt der Autor im Vorwort. [...] Wie kaum ein anderer verbindet sich der Name des Ehepaares Serge und Beate Klarsfeld mit dem energischen Kampf gegen das Vergessen und Verschweigen nationalsozialistischer Verbrechen. [...] Das Ehepaar machte 1971 den ehemaligen Gestapochef von Lyon Klaus Barbie in Bolivien ausfindig und entführte ihn später nach Frankreich, wo er zu lebenslanger Haft verurteilt wurde. Der von dem Rechtsanwalt Klarsfeld 1979 gegründete „Verein der Söhne und Töchter der aus Frankreich deportierten Juden" (FFDJF) ist bei seinen Recherchen weltweit tätig. [...] Aufgrund seiner Ermittlungen wurden 1980 der ehemalige Pariser Gestapochef Kurt Lischka sowie seine Mittäter [...] in Köln verurteilt. Um die Anklage bei diesem Prozess zu erhärten, hatte Serge Klarsfeld 1978 das „Mémorial de la Déportation des Juifs de France" veröffentlicht. In ihm brachte er den Nachweis, dass die Gesamtzahl der Opfer der Endlösung in Frankreich auf 80000 angesetzt werden muss. [...] Der Autor unterstrich dabei die enge Zusammenarbeit zwischen deutscher Verwaltung und französischer Polizei: „Ohne die aktive Kollaboration des Vichy-Regimes wäre eine mörderische Barbarei in diesem Ausmaß nicht möglich gewesen." Anstelle einer Neuauflage des vergriffenen Werkes hat Klarsfeld jetzt eine Dokumentation vorgelegt, die ausschließlich jenen 11000 Kindern unter 18 Jahren gewidmet ist, die in Frankreich deportiert wurden.

[...] „Ich habe *Le Mémorial des enfants juifs déportés de France* als ein Instrument der Erinnerung konzipiert. Damit diese Erinnerung lebendig bleibt, müssen die Leser, Juden oder Nicht-Juden, vor allem der jungen Generation, sich darüber klar werden, dass die Shoah, diese systematische Judenjagd, in ihrem Land stattgefunden hat, in jedem Departement, in jeder Stadt, in der es Juden gab", schreibt Klarsfeld einleitend. Gestützt auf die ehemaligen Deportationslisten und Archive hat Klarsfeld 11000 Namen jüdischer Kinder, einschließlich des Geburtsdatums und letzter bekannter Adresse, nach den 84 Transportzügen aufgelistet, die zwischen März 1942 und August 1944 Frankreich verließen. Das sieht auf den ersten Blick nach einer grandiosen Statistik aus, in der sich das individuelle Schicksal jedes Einzelnen zu verlieren droht. Doch mit mehr als 1000 Seiten umfassen zwei Drittel des Buches die Fotos deportierter Kinder: Familienbilder, Aufnahmen mit Freunden, Porträts, zuweilen mit Eltern, einmal mit dem Hund, im Zimmer und auf der Straße. [...] 1500 Paar Kinderaugen, die ernst oder erstaunt, fröhlich oder frech in die Kamera und in die Zukunft blicken. 11000 Kinder, allein in Frankreich, denen die Chance auf eine Zukunft genommen wurde.

„Le Mémorial des Enfants juifs déportés de France" von Serge Klarsfeld umfasst 1552 Seiten und kostet 500 Franc. Es ist direkt zu beziehen bei: FFDJF 31, rue La Botie 75008 Paris. Tel.: 0033–1-45 611878.

http://www.berliner-zeitung.de/archiv/serge-klarsfeld-setzt-11-000-aus-frankreich-deportierten-juedischen-kindern-ein-denkmal-die-ermordete-unschuld-klagt-an,10810590,8883082.html; Verf.: Medard Ritzenhofen [8.3.2014]

Jacques Chirac

Discours prononcé lors des commémorations de la Rafle du Vél' d'Hiv – le 16 juillet 1995

Il est, dans la vie d'une nation, des moments qui blessent la mémoire, et l'idée que l'on se fait de son pays.

Ces moments, il est difficile de les évoquer, parce que l'on ne sait pas toujours trouver les mots justes pour rappeler l'horreur, pour dire le chagrin de celles et ceux qui ont vécu la tragédie. Celles et ceux qui sont marqués à jamais dans leur âme et dans leur chair par le souvenir de ces journées de larmes et de honte. Il est difficile de les évoquer, aussi, parce que ces heures noires souillent à jamais notre histoire, et sont une injure à notre passé et à nos traditions. Oui, la folie criminelle de l'occupant a été secondée par des Français, par l'État français.

Il y a cinquante-trois ans, le 16 juillet 1942, 450 policiers et gendarmes français, sous l'autorité de leurs chefs, répondaient aux exigences des nazis.

Ce jour-là, dans la capitale et en région parisienne, près de dix mille hommes, femmes et enfants juifs furent arrêtés à leur domicile, au petit matin, et rassemblés dans les commissariats de police.

On verra des scènes atroces: les familles déchirées, les mères séparées de leurs enfants, les vieillards – dont certains, anciens combattants de la Grande Guerre, avaient versé leur sang pour la France – jetés sans ménagement dans les bus parisiens et les fourgons de la Préfecture de Police.

On verra, aussi, des policiers fermer les yeux, permettant ainsi quelques évasions.

Pour toutes ces personnes arrêtées, commence alors le long et douloureux voyage vers l'enfer. Combien d'entre-elles ne reverront jamais leur foyer? Et combien, à cet instant, se sont senties trahies? Quelle a été leur détresse?

La France, patrie des Lumières et des Droits de l'Homme, terre d'accueil et d'asile, la France, ce jour-là, accomplissait l'irréparable. Manquant à sa parole, elle livrait ses protégés à leurs bourreaux.

Conduites au Vélodrome d'Hiver, les victimes devaient attendre plusieurs jours, dans les conditions terribles que l'on sait, d'être dirigées sur l'un des camps de transit – Pithiviers ou Beaune-la-Rolande – ouverts par les autorités de Vichy.

L'horreur, pourtant, ne faisait que commencer.

Suivront d'autres rafles, d'autres arrestations. A Paris et en province. Soixante-quatorze trains partiront vers Auschwitz. Soixante-seize mille déportés juifs de France n'en reviendront pas.

Nous conservons à leur égard une dette imprescriptible. [...]

Transmettre la mémoire du peuple juif, des souffrances et des camps. Témoigner encore et encore. Reconnaître les fautes du passé, et les fautes commises par l'Etat. Ne rien occulter des heures sombres de notre Histoire, c'est tout simplement défendre une idée de l'Homme, de sa liberté et de sa dignité. C'est lutter contre les forces obscures, sans cesse à l'œuvre.

Cet incessant combat est le mien autant qu'il est le vôtre.

Les plus jeunes d'entre nous, j'en suis heureux, sont sensibles à tout ce qui se rapporte à la Shoah. Ils veulent savoir. Et avec eux, désormais, de plus en plus de Français décidés à regarder bien en face leur passé.

La France, nous le savons tous, n'est nullement un pays antisémite.

En cet instant de recueillement et de souvenir, je veux faire le choix de l'espoir.

Je veux me souvenir que cet été 1942, qui révèle le vrai visage de la «collaboration», dont le caractère raciste, après les lois anti-juives de 1940, ne fait plus de doute, sera, pour beaucoup de nos compatriotes, celui du sursaut, le point de départ d'un vaste mouvement de résistance.

Je veux me souvenir de toutes les familles juives traquées, soustraites aux recherches impitoyables de l'occupant et de la milice, par l'action héroïque et fraternelle de nombreuses familles françaises. [...]

Certes, il y a les erreurs commises, il y a les fautes, il y a une faute collective. Mais il y a aussi la France, une certaine idée de la France, droite, généreuse, fidèle à ses traditions, à son génie. Cette France n'a jamais été à Vichy. Elle n'est plus, et depuis longtemps, à Paris. Elle est [...] partout où se battent des Français libres. Elle est à Londres, incarnée par le Général de Gaulle. Elle est présente, une et indivisible, dans le cœur de ces Français, ces «Justes parmi les nations» qui, au plus noir de la tourmente, en sauvant au péril de leur vie, comme l'écrit Serge Klarsfeld, les trois-quarts de la communauté juive résidant en France, ont donné vie à ce qu'elle a de meilleur. Les valeurs humanistes, les valeurs de liberté, de justice, de tolérance qui fondent l'identité française et nous obligent pour l'avenir. [...]

(752 mots)

http://fr.wikisource.org/wiki/Discours_prononc%C3%A9_lors_des_comm%C3%A9morations_de_la_Rafle_du_Vel%E2%80%99_d%E2%80%99Hiv%E2%80%99

1. Expliquez pourquoi il est difficile pour Jacques Chirac de tenir un discours sur ce sujet.

2. Montrez le rôle de la police française dans les événements du 16 juillet 1942 et des jours suivants.

3. Expliquez la fonction de la mémoire selon Chirac.

4. Nommez les actes qui lui donnent espoir.

5. Ce discours de Jacques Chirac était la première fois qu'un Président de France a reconnu la responsabilité de l'État français dans les déportations des Juifs de France. Analysez sa stratégie pour satisfaire la communauté juive et en même temps rendre ce discours acceptable pour les Français non-juifs.

6. «Cet incessant combat est le mien autant qu'il est le vôtre.» Commentez l'appel de Chirac à tous les Français à s'engager dans le travail de mémoire.

Module 1

Incipit

Das erste Kapitel, das während der Kindheit des Erzählers spielt, gewährt uns einen Einblick in die Psyche eines einsamen, körperlich schwächlichen Kindes, das merkt, dass es in der Familie tiefere Verwerfungen gibt, dieses Gefühl aber weder konkret benennen noch seine Ursache bestimmen kann.

Der Leser lernt die engere Familie des Erzählers kennen, und die Leitmotive des Romans werden eingeführt.

Le corps: Der schwächliche Körper des Erzählers steht in offensichtlichem Kontrast zu dem seiner sportlichen Eltern, während Louise durch ihren unvollkommenen Körper das Vertrauen des Jungen erlangt.

Les chiens: Der Plüschhund Sim scheint in der Abstellkammer auf den Erzähler gewartet zu haben und weckt bei Tania und Maxime schmerzvolle Erinnerungen.

Le secret: Unzählige Anspielungen geben dem erfahrenen Leser Anhaltspunkte über das Familiengeheimnis der Familie Grimbert, z. B. die Taufe des Erzählers, seine Beschneidung, die Namensänderung.

Gerade aufgrund dieser Anspielungen und Grimberts an vielen Stellen vager Wortwahl benötigen vermutlich zumindest schwächere Schüler zu Beginn der Lektüre eine engere Führung, um einen Zugang zum Roman zu finden.

1.1 Présentation des personnages et de leurs relations (p. 7–21)

Avant la lecture

Die Schüler werden in zwei Gruppen aufgeteilt und erhalten jeweils Zitate (*Page à copier 8*) ohne Seitenangaben (pro Schüler ein Zitat, wenn möglich). Sie lesen sich die Zitate in der Gruppe gegenseitig vor und versuchen, sie in die richtige Reihenfolge zu bringen und so viel wie möglich über den Erzähler herauszufinden.

> 1. Lisez les citations à haute voix.
> 2. Relevez tout ce que vous apprenez sur le narrateur.
> 3. Discutez du bon ordre et établissez un ordre logique des citations.

Lösungshinweise zu *Page à copier 8*:

> 2. fils unique, seul et triste, dort mal, ses parents l'aiment, se crée un frère plus beau et plus fort, se cache derrière ce frère
>
> 3. Bei dieser Aufgabe kommt es nicht darauf an, dass die Schüler die Reihenfolge herstellen, in der die Sätze im Text vorkommen, sondern sie dient der analytisch-kreativen Auseinandersetzung mit den gegebenen Sätzen und der Hypothesenbildung.

Danach stellen die beiden Gruppen sich gegenseitig ihre Reihenfolge vor und fassen in eigenen Worten die Situation des Erzählers zusammen.
Diskussionsmöglichkeiten im Anschluss:

- die unterschiedlichen Reihenfolgen
- die Existenz des Bruders
- die Beziehung zwischen dem Erzähler und seinem Bruder

Falls noch Zeit im Unterricht ist, bietet sich die gemeinsame Lektüre der ersten beiden Unterkapitel an, während der offen gebliebene Fragen beantwortet werden.
Als Hausaufgabe lesen die Schüler vorbereitend mit Arbeitsauftrag bis Seite 21.

Surlignez ce qu'on apprend sur les personnages suivants en différentes couleurs:

- le narrateur
- son frère imaginaire
- son père, Maxime
- sa mère, Tania

Einstieg

Fils unique, j'ai longtemps eu un frère.	(7/1)
J'avais un frère. Plus beau, plus fort. Un frère aîné, glorieux, invisible.	(7/3ss)
Unique objet d'amour, tendre souci de mes parents, je dormais pourtant mal, agité par de mauvais rêves.	(8/1s)
Ces larmes, il me fallait quelqu'un avec qui les partager.	(8/10)
Un jour enfin je n'ai plus été seul.	(9/1)
La nuit qui a suivi je pressais pour la première fois ma joue mouillée contre la poitrine d'un frère.	(10/3s)
Il venait de faire son entrée dans ma vie, je n'allais plus le quitter.	(10/5ss)
De ce jour, j'ai marché dans son ombre, flotté dans son empreinte comme dans un costume trop large.	(10/8s)
Je m'étais créé un frère derrière lequel j'allais m'effacer, un frère qui allait peser sur moi, de tout son poids.	(10/16ss)
J'étais le premier, le seul. Avant moi, personne.	(11/5)

Pendant la lecture
Le narrateur et sa famille (p. 7–21)

 Die Schüler erarbeiten arbeitsteilig verschiedene Facetten der emotionalen und familiären Situation des Protagonisten anhand der Arbeitsblätter (*Pages à copier 9–11*) und präsentieren ihre Ergebnisse im Plenum. Sie nutzen ihre Markierungen im Text und stützen sich mittels Seiten- und Zeilenangaben auf die Textvorlage. Es ist sinnvoll, den Schülern einsprachige Wörterbücher zur Verfügung zu stellen, damit sie etwa „le pain azyme" nachschlagen können. Zur Binnendifferenzierung sollte das zweite Thema „L'identité embrouillée" an eine stärkere Schülergruppe gegeben werden, da sowohl Textvorlage als auch Arbeitsaufträge anspruchsvoller sind.

1) Le narrateur et son frère imaginaire – Erwartungshorizont zu *Page à copier 9*:

Le narrateur	et sa relation avec		son frère imaginaire
	au début (7–19)	plus tard (20–21)	
envie leurs frères à ses amis, se sent seul (7/6 ss)			
raconte aux gens qu'il a un frère (7/2 s)			
un enfant pleurnichard et craintif (8/2 ss)			plus beau, plus fort, aîné, glorieux, invisible (7/4 s)
éprouve de la honte et de la culpabilité sans savoir pourquoi (8/5 s)	Le narrateur s'efface/se cache derrière son frère imaginaire. (10/8 +17)	Des relations de plus en plus difficiles entre le narrateur et le frère imaginaire: des querelles, des empoignades. (20/13 ss)	
imagine que son père est fier de lui (11/2)			répond à l'idéal d'un garçon (15/8 ss)
souffre de l'inaptitude de son corps: sa maigreur, sa pâleur maladive (11/1), sa fragilité (15/16), genoux saillants, bassin pointant sous la peau, bras arachnéens, trou sous le plexus (16/9 ss)	Le frère imaginaire aide le narrateur en le rendant plus fort et sûr de lui-même. (15/1 ss)	La relation devient ambiguë: Le narrateur commence à se révolter mais cherche le contact corporel en même temps. (21)	tyrannique, moqueur, méprisant (20/19 s); ennemi (21/6)
des visites régulières chez des spécialistes pour aider le narrateur à se développer normalement (17/1–13)			
son deuxième compagnon: le chien en peluche, Sim (20/6 s)			

La fonction du frère imaginaire:
Au niveau personnel: réconfort, soutien
Au niveau structurel du récit: antagoniste; souligne l'imperfection et l'inaptitude du narrateur

2) L'identité embrouillée du narrateur – Erwartungshorizont zu *Page à copier 10*:

> **Trois événements qui embrouillent l'identité du narrateur:**
>
> - le baptême: si tard qu'il s'en souvient, le baptême comme protection contre une possible persécution des Juifs, mais un retard déclaré comme négligence (11/15ss)
> - la circoncision: on prétend que la circoncision (rituelle) du narrateur était une nécessité médicale (12/9ss)
> - le changement de patronyme: Maxime a fait changer le nom de famille de «Grinberg» en «Grimbert» (12/12ss)
>
> ➡ **les efforts de ses parents pour effacer ses racines juives**
>
> **Les détails trahissant les origines de la famille:**
>
> - le pain azyme (13/6) => C'est un pain que les Juifs font cuire durant la fête de Pessa'h.
> - le samowar (13/7)
> - le chandelier (13/9) => Le chandelier à sept branches (la menorah), est un symbole de l'identité juive, comme l'étoile de David.
> - les questions sur les origines du nom Grimbert (13/10s)

a) (für weniger leistungsstarke Schülergruppen):

Cette citation évoque la persécution et déportation des Juifs (*l'œuvre de destruction*) par les nazis et les collaborateurs (*les bourreaux*) pendant la Seconde Guerre mondiale qui menait à un reniement des origines juives chez beaucoup de Juifs pour échapper aux représailles. Les victimes n'osent pas parler de ce qui leur est arrivé pendant l'Occupation, parfois au point de mentir (*déversant ses tombereaux de secrets, de silences; générant le mensonge*), ils en ont honte (*cultivant la honte*) et ils changent leurs noms de famille pour dissimuler leur origine juive (*mutilant les patronymes*). Même plus de dix ans après cette guerre, certains n'osent pas revenir à une manière toute naturelle de traiter leurs propres origines. De cette façon, ils acceptent que l'idéologie nazie influence encore leur vie (*le persécuteur triomphait encore*).

b) (für stärkere Schülergruppen):

- C'est la persécution et déportation des Juifs pendant la Seconde Guerre mondiale.
- Ce sont les nazis et surtout les collaborateurs français («le persécuteur»).
- Elle continue invisiblement, presque imperceptiblement. Les victimes n'osent pas parler de ce qui leur est arrivé pendant l'Occupation, parfois au point de mentir, ils en ont honte et ils changent leurs noms de famille pour dissimuler leur origine juive.
- Bien que le persécuteur soit défait/vaincu, il triomphe encore.

3) Les parents du narrateur: Maxime et Tania – Erwartungshorizont zu *Page à copier 11*:

Tania	Maxime
• *publiait des dessins dans des magazines de mode (9/8)* • *plongeon de haut vol, gymnastique sportive, tennis, volley (16/3ss)*	• *est déçu par le narrateur, mais essaie de ne pas le lui montrer (15/16s)* • *lutte, agrès, tennis, volley (16/4s)*

sportifs aux corps glorieux et perfectionnés (11/8)
s'entraînent à la maison (18/1ss)
tiennent un commerce de gros de vêtements de sport (18/7)
troublés par la peluche que le narrateur appelle Sim (20/11s) (malaise de la mère dans la chambre de service (10/2))

> pour leur fils (8/1)
> - mentent à leur fils (11/10)
> - se sont entourés d'un mur qui exclut leur fils (14/10ss)
> - comparés aux statues idéalisées du Louvre
>   ➡ aussi inaccessibles (16/1ss)

le narrateur

Als Hausaufgabe formulieren die Schüler ihre Analyse aus.

Le narrateur et son frère imaginaire

Le narrateur

et sa relation avec

au début (7–19)

plus tard (20–21)

son frère imaginaire

La fonction du frère imaginaire:

Au niveau personnel:

Au niveau structurel du récit:

Page à copier

9

35

L'identité embrouillée du narrateur

Trois événements qui embrouillent l'identité du narrateur:

-
-
-
  → _____

Les détails trahissant les origines de la famille:

-
-
-
-

«L'œuvre de destruction entreprise par les bourreaux quelques années avant ma naissance se poursuivait ainsi, souterraine, déversant ses tombereaux de secrets, de silences, cultivant la honte, mutilant les patronymes, générant le mensonge. Défait, le persécuteur triomphait encore.» (12/17ss)

Choisissez entre a) et b):

a) Trouvez les passages correspondants de la citation et notez-les.

Cette citation évoque la persécution et déportation des Juifs (_____) par les nazis et les collaborateurs (_____) pendant la Seconde Guerre mondiale qui menait à un reniement des origines juives chez beaucoup de Juifs pour échapper aux représailles. Les victimes n'osent pas parler de ce qui leur est arrivé pendant l'Occupation, parfois au point de mentir (_____), ils en ont honte (_____) et ils changent de noms de famille pour dissimuler leur origine juive (_____). Même plus de dix ans après cette guerre, certains n'osent pas revenir à une manière toute naturelle de traiter leurs propres origines. De cette façon, ils permettent encore à l'idéologie nazie d'influencer leur vie (_____).

b)
- Qu'est-ce qui est «l'œuvre de destruction»?
- Qui sont «les bourreaux»? Trouvez un autre mot pour les mêmes personnes dans ce passage.
- Décrivez la façon dont «l'œuvre de destruction» continue.
- Reformulez la dernière phrase en utilisant une subordonnée avec *bien que*.

Les parents du narrateur: Maxime et Tania

Tania

Maxime

le narrateur

Après la lecture

Leseverstehen: «L'ami imaginaire»

Da die Entwicklung der kindlichen Psyche des Erzählers im behandelten Abschnitt des ersten Kapitels im Vordergrund steht, ist es hilfreich, den Schülern weiterführende Informationen zur Rolle der imaginären Freunde in der Entwicklung der Psyche in Form einer Aufgabe zum Leseverstehen zukommen zu lassen, um die wissenschaftlichen Erkenntnisse, die in dem Artikel angesprochen werden, anschließend auf die Situation des Erzählers übertragen zu können. Es handelt sich dabei um den Auszug aus einem Artikel von Frau Prof. Dr. Inge Seiffge-Krenke, der in einer französischen Fachzeitschrift veröffentlicht wurde (*Page à copier 12*).

Erwartungshorizont zu *Page à copier 12*:

1. a. On ne les voit pas. ☒
   b. On les trouve dans des Chats. ☐
   c. On leur fait des confidences. ☒

2. a. Beaucoup de parents se font du souci quand ils remarquent que leur enfant a un ami imaginaire. v
   b. Les amis imaginaires partagent la vie quotidienne de l'enfant. v
   c. Les amis imaginaires sont toujours des êtres humains. f

3. a. La relation est parfois d'une longue durée. ☒
   b. Les enfants pensent que leur ami est réel. ☐
   c. Les enfants se sentent livrés à leur ami. ☐
   d. Les enfants sont manipulés par leur ami. ☐
   e. Les enfants peuvent terminer la relation quand ils veulent. ☒

4. • la solitude – la perte – le rejet
   • l'amour – le soutien – la compagnie

5.
Âge de l'enfant/phase de la vie	Trait caractéristique de la relation
3–6 ans (l'âge de la maternelle)	l'interaction physique
à partir de 7/8 ans	l'entraide
à partir de 12 ans	l'échange affectif, la confiance
plus tard dans l'adolescence	l'oubli

6. • parallèles: est un enfant unique; se sent seul; imagine un copain/frère; trouve du soutien chez son frère imaginaire; le frère imaginaire est présent à table; les parents sont inquiets; le frère imaginaire se transforme au cours des années; le frère imaginaire disparaît lorsque le narrateur apprend l'existence de Simon
   • différence: le narrateur ne peut plus décider librement de faire apparaître ou disparaître son frère imaginaire

Inge Seiffge-Krenke: L'ami imaginaire

Parler avec des personnes invisibles, cela n'a rien d'extraordinaire à l'époque du Web: beaucoup d'internautes participent à des Chats, ont des blogs et échangent des informations très personnelles avec des amis virtuels. Mais que faut-il penser d'un enfant qui cherche un ami imaginaire – joue avec lui, lui parle et vit même avec lui comme si c'était un membre de sa famille? […]

Les parents inquiets peuvent se tranquilliser. Tous les travaux de recherche sur le phénomène aboutissent à la même conclusion: il n'y a aucune raison de s'inquiéter! Les amis imaginaires n'ont guère été étudiés – peu de psychologues s'y sont intéressés au cours des 100 dernières années –, mais tous les résultats concordent pour dire que les amis imaginaires remplissent une fonction positive et favorisent le développement des enfants.

Les compagnons invisibles sont étroitement liés à l'environnement de l'enfant: pour les plus jeunes, l'ami imaginaire est généralement un copain de jeu, qui peut également être présent à table, au moment des repas. L'enfant l'appelle par son nom et l'ami l'accompagne souvent toute la journée. […] Les compagnons invisibles sont souvent des enfants du même âge que l'enfant. Mais ce sont parfois des animaux, des magiciens ou des super-héros. […]

Les parents, enseignants et thérapeutes sont souvent troublés non seulement par le fait que l'ami imaginaire est présent pendant longtemps, parfois pendant des années, mais également par le réalisme avec lequel les enfants semblent voir leur compagnon devant eux. Pourtant, les enfants savent très bien que leurs amis ne sont pas réels et qu'ils n'existent que dans leur imagination. Par conséquent, le phénomène des amis imaginaires est parfaitement distinct des cas pathologiques que l'on rencontre, par exemple, dans les psychoses. L'enfant ne se sent jamais à la merci de son compagnon imaginaire – au contraire, il peut l'habiller, le changer et le manipuler à volonté. L'enfant détermine également la durée de son amitié imaginaire. […]

Les compagnons imaginaires peuvent remplir diverses fonctions: certains enfants ou adolescents imaginent ces amitiés inhabituelles lorsqu'ils se sentent seuls, comme le montre une étude américaine réalisée en 2004 par l'équipe de Marjorie Taylor, de l'Université de l'Oregon. Les psychologues ont interrogé 152 enfants de maternelle et ont trouvé qu'environ 70 pour cent des enfants de cinq et six ans ayant un ami imaginaire étaient des premiers-nés ou des enfants uniques. […] Parfois le compagnon imaginaire des enfants et des adolescents les aide à surmonter des sentiments de solitude, de perte ou de rejet. Il offre à l'enfant une relation où il trouve de l'amour et le soutien dont il a besoin. Cela lui procure aussi une compagnie – indépendamment des circonstances extérieures et de l'environnement où il grandit. En conséquence, les compagnons disparaissent souvent dès que l'enfant trouve des amis réels ou s'est accommodé d'une situation nouvelle. […]

Tout comme les amis réels, les compagnons imaginaires se transforment au cours du développement, comme je l'ai montré en 2008 en analysant plusieurs études à long terme. L'âge de la maternelle est caractérisé par des relations qui reposent sur une interaction physique temporaire: «Nous sommes amies, parce que nous aimons jouer à la poupée ensemble!» Vers sept à huit ans s'ajoute la notion d'entraide: les amis sont supposés apporter de l'aide à l'enfant. Mais ce dernier cherche malgré tout à respecter un certain équilibre: «Je te prête mon vélo si tu me prêtes ton ballon.» Le même type de relations s'établit aussi avec l'ami imaginaire.

Au début de l'adolescence, vers 12 ans, l'échange émotionnel avec l'ami (ou l'amie) devient important; on aime parler de ses problèmes. Le motif le plus fréquent de rupture d'une amitié à cet âge est la trahison de la confiance: les adolescents attendent d'un bon ami qu'il (ou elle) fasse des confidences et qu'ils puissent lui révéler ses propres secrets. La confiance est plus importante pour les filles que pour les garçons, et les filles ont davantage tendance à raconter des expériences personnelles. […]

Au cours de l'adolescence, les compagnons invisibles semblent devenir flous, les adolescents plus âgés ne les mentionnent presque plus [, et] après quelques années, un grand nombre d'entre eux ne se [souvient] plus du tout de leur ami imaginaire!

De toute évidence, lorsque le compagnon imaginaire a rempli sa fonction, il est non seulement abandonné, mais vite oublié: tout indique que les enfants ont franchi, grâce à leur imagination et à leur créativité, une nouvelle étape de leur développement.

(746 mots)

Inge Seiffge-Krenke: L'ami imaginaire. © Cerveau & Psycho (n° 35), Paris, 2009

Inge Seiffge-Krenke: L'ami imaginaire

1. **Cochez les bonnes réponses.**
   Quels parallèles y a-t-il entre des amis virtuels et des amis imaginaires?
   a. On ne les voit pas. ☐
   b. On les trouve dans des Chats. ☐
   c. On leur fait des confidences. ☐

2. **Cochez la bonne réponse.**   vrai   faux
   a. Beaucoup de parents se font du souci quand ils remarquent que leur enfant a
      un ami imaginaire.   ☐   ☐
   b. Les amis imaginaires partagent la vie quotidienne de l'enfant.   ☐   ☐
   c. Les amis imaginaires sont toujours des êtres humains.   ☐   ☐

3. **Cochez les bonnes réponses. Caractérisez les relations entre les enfants et leur ami imaginaire.**
   a. La relation est parfois d'une longue durée. ☐
   b. Les enfants pensent que leur ami est réel. ☐
   c. Les enfants se sentent livrés à leur ami. ☐
   d. Les enfants sont manipulés par leur ami. ☐
   e. Les enfants peuvent terminer la relation quand ils veulent. ☐

4. Notez les substantifs utilisés dans le texte qui expliquent …

   • les raisons pour lesquelles les enfants inventent des amis imaginaires:

   _____ – _____ – _____

   • les effets positifs pour les enfants:

   _____ – _____ – _____

5. Complétez le tableau sur le développement des amitiés imaginaires.

Âge de l'enfant/phase de la vie	Trait caractéristique de la relation

6. Comparez l'ami imaginaire du narrateur aux résultats des études mentionnées par Inge Seiffge-Krenke.

Hörverstehen: *Mon frère*

Alternativ zum Leseverstehen bietet sich an dieser Stelle die Beschäftigung mit einem Lied, *Mon frère* (im Original von Maxime Le Forestier oder in der Version von Calogero), an. Beide kann man auf Youtube anhören (Links überprüft am 8.3.2014):
Calogero: http://www.youtube.com/watch?v=35ZsJD7oQsU
Maxime Le Forestier: http://www.youtube.com/watch?v=xEONi32YYol
Der Text des Lieds und die dazugehörigen Arbeitsaufträge sind auf *Page à copier 13* zu finden.

Erwartungshorizont zu *Page à copier 13*:

1. individuelle Antworten; evtl. alle Sätze als Blitzlicht vortragen lassen

2. a) au frère imaginaire
   b) la tristesse, la nostalgie, la douleur, le regret

3. abandonne – amis – battus – chagrins – divisé – ensemble – famille – faute – frère – jamais – partagé – père – professeur – seul – solitaire

4.

correspondances:	différences:
• fils unique • souhaite avoir un frère au point d'en imaginer un • se sent moins seul avec son frère imaginaire	• imagine un frère cadet • des idées concrètes sur les activités communes • des bagarres inoffensives entre garçons – des combats sérieux entre le narrateur et son frère

Weiterführende Arbeitsaufträge:

1. Le narrateur parle de ses chagrins à son frère imaginaire. Écrivez son monologue intérieur.

2. Tania et Maxime se font du souci à cause de l'imagination débordante de leur fils. Imaginez leur conversation un soir après le dîner. Écrivez le dialogue et mettez-le en scène.

   individuelle Antworten

Chanson: Mon Frère

Mon Frère (par Calogero/Maxime Le Forrestier)

Toi le frère que je n'ai jamais eu
Sais-tu si tu avais vécu
Ce que nous aurions fait ensemble
Un an après moi, tu serais né
5 Alors on se serait plus quittés
Comme deux amis qui se ressemblent

On aurait appris l'argot par cœur
J'aurais été ton professeur
À mon école buissonnière
10 Sûr qu'un jour on se serait battus
Pour peu qu'alors on ait connu
Ensemble la même première

Mais tu n'es pas là
À qui la faute
15 Pas à mon père
Pas à ma mère
Tu aurais pu chanter cela

Toi le frère que je n'ai jamais eu
Si tu savais ce que j'ai bu
20 De mes chagrins en solitaire
Si tu ne m'avais pas fait faux bond
Tu aurais fini mes chansons
Je t'aurais appris à en faire

Si la vie s'était comportée mieux
25 Elle aurait divisé en deux
Les paires de gants, les paires de claques
Elle aurait sûrement partagé
Les mots d'amour et les pavés
Les filles et les coups de matraque

30 Mais tu n'es pas là
À qui la faute
Pas à mon père
Pas à ma mère
Tu aurais pu chanter cela

35 Toi le frère que je n'aurai jamais
Je suis moins seul de t'avoir fait
Pour un instant, pour une fille
Je t'ai dérangé, tu me pardonnes
Ici quand tout vous abandonne
40 On se fabrique une famille.

http://www.parolesmania.com/paroles_calogero_2975/paroles_mon_frere_1317370.html

---

l'argot (m) – langage familier et originel du milieu des malfaiteurs
faire l'école buissonnière – manquer l'école
pour peu que (+ subj.) – *wenn auch nur*

faire faux bond à qn – *jdn versetzen*

le gant – vêtement pour la main
la claque – coup donné avec la main (sur la joue)
les pavés (m) – pierres utilisées pour construire des rues
la matraque – bâton qui sert d'arme

Mon Frère

1. Avant d'écouter, complétez la phrase suivante pour le narrateur. Faites attention au conditionnel passé.

   «Si j'avais eu un frère _____

   _____»

2. Première écoute de la chanson:

   a) À qui la chanson est-elle adressée?
   _____

   b) Quelle ambiance et quels sentiments évoque-t-elle?
   _____

3. Deuxième écoute de la chanson:

   Encerclez les mots que vous entendez.

   > abandonne – amis – battus – bonheur – chagrins – divisé – disputé –
   > ensemble – famille – faute – frère – jamais – mer – partagé – père –
   > professeur – seul – solitaire – sœur

4. Relevez dans les paroles de la chanson les correspondances et les différences entre la situation familiale, les sentiments et les souhaits du chanteur et ceux du narrateur.

1.2 Le rôle du corps (p. 22–25)

Anhand der Seiten 22–25 wird das **Leitmotiv des Körpers** als Spiegel der Seele und der menschlichen Existenz eingeführt. Die *Page à copier 14* schlägt eine weitergehende Beschäftigung mit dem Thema der Rolle des Körpers vor.

Die Schüler lesen vorbereitend die Seiten 22–25 und bearbeiten folgenden Arbeitsauftrag:

> Relevez dans le texte tous les aspects du rôle du corps pour le narrateur.
> - le changement du corps (22/1)
> - le rejet de son propre corps (22/6)
> - l'admiration pour le corps de ses parents (22/7)
> - la fascination sexuelle pour les corps (22/15–24/4)
> - la variabilité de l'aspect physique par les vêtements (24/5–25/6)

Nach dem Zusammentragen kann eine Bewertung stattfinden zwischen typischen, „normalen" Altersphänomenen und Besonderheiten beim Erzähler. Besonders die Bewunderung der Körper der Eltern (im Vergleich zum eigenen Körper) und das Ausmaß der Beschäftigung mit dem Körperlichen scheinen eher untypisch.
An dieser Stelle kann zur Ergänzung auf die vorhergehenden Seiten im Buch zurückgegriffen werden:
- Kontrastierung der körperlichen Beschreibung des Erzählers und seiner Eltern;
- Ausmaß des Leidens unter der körperlichen Unzulänglichkeit.

Die Ergebnisse der Bewertung werden in der Tabelle (*Page à copier 14*) festgehalten:

> → les signes de l'âge pubère du narrateur
> → le narrateur semble obsédé par les corps
> → le narrateur rejette sa propre existence comme il rejette son corps

Neben dem Körper stellen auch **das Geheimnis und die Hunde weitere Leitmotive** dar. Die Schüler erhalten in Gruppen arbeitsteilig den Auftrag, bei der weitergehenden Lektüre eigenständig verschiedene Aspekte dieser Leitmotive in den entsprechenden Feldern der Tabelle *(Page à copier 14)* festzuhalten. Gegen Ende der Lektüre werden die Ergebnisse vorgestellt und erläutert.

Falls noch nicht bei der Charakterisierung eingesetzt, bietet sich hier eine Übung zur Wortschatzarbeit zum Thema „L'aspect physique" an.

Les leitmotive

Définition d'un leitmotiv:
Un leitmotiv est une idée ou phrase qui réapparaît sans cesse dans une œuvre littéraire. Elle a normalement une valeur symbolique et exprime une préoccupation dominante.

Le corps	Le secret	Les chiens
pp. 22–25:	p. 8/5s + pp. 11–14:	pp. 9–10 + p. 20:
pp. 62–66:	pp. 61:	p. 151/1–18:
pp. 99–104/4:	pp. 12–13 + 145/24–26:	pp. 159–161/11:
p. 161/12–21 + pp. 169–170:	p. 149/17 – p. 150/6:	pp. 165–170:

Les leitmotive – Erwartungshorizont zu *Page à copier14:*

Le corps ↑ le lien entre Maxime et le narrateur	Le secret	Les chiens => le lien entre les frères
pp. 22–25: • les signes de l'âge pubère du narrateur • le narrateur semble obsédé par les corps • le narrateur rejette sa propre existence comme il rejette son corps	p. 8/5s + pp. 11 – 14: • le narrateur-enfant sent qu'il existe un secret dans sa famille que ses parents ne veulent pas qu'il l'apprenne • ce silence est à tel point douloureux pour lui qu'il le rend malade physiquement et psychiquement • le narrateur-enfant se sent même parfois coupable sans savoir pourquoi perte de confiance à l'égard des parents	pp. 9–10 + p. 20: • par le chien en peluche le narrateur fait surgir le souvenir de Simon dans la vie de ses parents • le chien évoque Simon aux parents – d'autant plus que le narrateur l'appelle Sim
pp. 62–66: • le premier contact avec des corps nus: les corps abusés des prisonniers/déportés • le narrateur ressent une fascination sexuelle à leur égard	pp. 61: • toute la famille du narrateur est «une société secrète» qui garde le silence à propos du passé cela rapproche le narrateur encore plus de Louise qui lui révélera finalement le secret	p. 151/1 – 18: • des sentiments paternels de Maxime envers Écho qui remplace Sim • le seul être avec lequel il semble pouvoir être insouciant et vraiment lui-même
pp. 99–104/4: • le perfectionnement physique ressemble à une résistance personnelle • le contraste entre la propagande des nazis et le corps de Maxime • la fascination de Maxime pour le corps parfait de Tania	pp. 12–13 + 145/24–26: • dans la famille Grimbert, on ne parle ni du sort de Hannah et de Simon ni de la guerre en général • il s'agit alors de garder le silence non seulement à propos de la déportation de Hannah et de Simon mais aussi à propos du destin commun de toutes les familles juives sous l'occupation	pp. 159–161/11: • la mort d'Écho rappelle à Maxime la déportation de Hannah et de Simon • elle rend Maxime et le narrateur plus proches l'un de l'autre en facilitant la communication
p. 161/12–21 + pp. 169–170: • le retournement physique entre père et fils: Maxime = frêle; le narrateur = plus grand et fort • la ressemblance longtemps attendue entre père et fils	p. 149/17–p. 150/6: • la révélation du secret transforme le narrateur physiquement et psychiquement: il devient adulte et se libère «des fantômes» du passé • Louise a contribué à la résilience du narrateur qui, malgré toutes les difficultés qu'il a connues, commence à vivre sa vie.	pp. 165–170: • le contraste évident entre les tombes des chiens et les meurtres des enfants déportés

1.3 Louise, la confidente (p. 26–30)

Louise spielt eine immens wichtige Rolle für den Erzähler, da sie in verschiedener Hinsicht einen Gegenpol zu seinen Eltern darstellt, insbesondere, was ihre körperliche Unvollkommenheit und die Gabe des Zuhörens angeht. Der Erzähler fühlt sich bei ihr geborgen.

Avant la lecture

Da Louise die Vertrauensperson des Erzählers ist, machen die Schüler sich zunächst Gedanken darüber, wem sie selbst vertrauen und warum bzw. welche Folgen der Missbrauch von Vertrauen nach sich zieht. Dazu beschreiben und interpretieren die Schüler die Karikatur auf *Page à copier 15* und unterhalten sich dann mithilfe der Leitfragen und des angegebenen Wortschatzes in Form eines Partnergesprächs über das Thema „La confiance". Einige Schüler tragen die Ergebnisse ihrer Diskussion mit dem Partner vor – eventuell mit Zeitvorgabe, um sie an den monologischen Teil der Kommunikationsprüfung heranzuführen.

Nützliches Vokabular, um über Vertrauen zu sprechen:

la confiance	la confidence (= le fait de dire un secret concernant soi-même à qn)
avoir confiance en qn	faire des confidences à qn
faire confiance à qn	dire qc en confidence (= secrètement)
inspirer confiance à qn	le confident/la confidente
donner confiance à qn	confidentiel/le
se sentir en confiance avec qn	
perdre confiance en qn	
manquer de confiance en qn	
être confiant/e (*personnes*) ≠ méfiant/e	

Pendant la lecture

Während der Lektüre der Seiten 26–30 bearbeiten die Schüler die unten stehenden Arbeitsaufträge. Wenn möglich geben einige Schüler, die sich fürs Malen entschieden haben, vor der Stunde ihre Bilder von Louise ab, sodass sie auf Folie kopiert den Vortrag derer, die sich für die Textform entschieden haben, unterstützen. Eventuell können Unterschiede zwischen den Zeichnungen und den verbalen Charakterisierungen thematisiert werden.

Um die Schüler bei der Beschreibung und Charakterisierung zu unterstützen, erhalten sie auf *Page à copier 16* eine Auflistung relevanten Vokabulars und eine Wortschatzübung auf *Page à copier 20* (Seite 59).

> Lisez p. 26–30 et surlignez tout ce que vous apprenez sur Louise et la relation entre Louise et le narrateur (deux couleurs!).
>
> Choisissez <u>un</u> des exercices suivants:
> 1. Dessinez Louise (toute son apparence, pas seulement le visage).
> 2. Faites le portrait de Louise.
>
> **Le portrait de Louise:**
> - **l'aspect physique:**
>   - a plus de soixante ans (26/17)
>   - son visage est marqué par sa consommation de tabac et d'alcool (26/17–27/2)
>   - a des mains énergiques et autoritaires (27/3–6)

- porte une chaussure orthopédique à cause de son pied-bot => une démarche cahotante (17/12–13)
- **l'environnement social:**
  - travaille dans un cabinet deux-pièces (26/3) et sombre (29/13)
  - fait partie de la famille du narrateur (26/8)
  - habite dans le pavillon en banlieue où elle est née (29/15–19)
  - soigne sa mère; son père est mort (29/19–30/3)
- **le portrait moral:**
  - ne se laisse pas aller (ne montre pas aux autres la douleur dans ses articulations enflammées; 28/1–4)
  - écoute ses habitués (29/14)
  - quand elle était enfant, ses camarades se moquaient de son aspect extérieur (30/4–6)
  - est compatissante (ses soupirs; 30/13)
- **sa relation avec le narrateur:**
  - le narrateur l'a toujours connue (26/9)
  - Louise soigne toute la famille (26/10–16)
  - le narrateur préfère sa compagnie à celle de ses parents (27/9–10)
  - le narrateur se sent proche d'elle à cause de son corps imparfait (27/11–12)
  - leurs points communs: leurs corps imparfaits (17/11–12), ils détestent leur apparence (28/4–5), les autres se moquent d'eux (30/4–6)
  - Louise permet des questions au narrateur auxquelles ses parents ne répondraient pas (29/10–12)
  - Ils se font des confidences l'un à l'autre (30/7–14) => ont confiance en l'autre
  - Louise est la confidente du narrateur et également de ses parents (30/15–18)

Après la lecture

Im Anschluss bietet sich zur Vertiefung folgende Schreibaufgabe an:

Le narrateur écrit une lettre à sa mère qu'il n'enverra jamais. Dans cette lettre, il lui explique

- pourquoi il ne peut pas s'ouvrir à elle,
- ses sentiments pour Louise,
- les raisons pour la complicité qui existe entre eux.

individuelle Antworten

La confiance

le chirurgien – le patient – la salle d'opération

> En qui avez-vous confiance? Qui sont vos confident(e)s?
>
> Quelles qualités ou quel comportement rendent ces personnes dignes de confiance?
>
> Quand est-ce qu'on perd confiance?
>
> Pourquoi la confiance est-elle aussi essentielle pour nous?

Décrire des personnages

L'aspect physique
le corps:
la tête: le visage, les traits (m), le front, la joue, le menton, la barbe, la moustache, l'œil (m)/les yeux, l'oreille (f), la bouche, la lèvre, la dent,
les membres: le bras, l'épaule, le coude, la main, le poing, le doigt, la jambe, le genou, le pied, les articulations (f)
la gorge, la nuque, le cou, le torse, la poitrine, le thorax, le ventre, le dos
la peau, le sang, l'os (m), le muscle, le cœur, les poumons (m)

avoir les cheveux courts / longs / bouclés / roux / blonds / bruns /…
avoir les yeux bleus / marron / verts / ambre / brillants / cernés
avoir le nez retroussé / crochu
être une fille / un garçon aux cheveux … / aux yeux … / au nez …
être petit(e) / grand(e) / obès(e) / gros(se) / mince / maigre / décharné(e) / fort(e) / vigoureux,-euse / musclé(e) / costaud(e) / frêle / faible / voûté(e) / courbé(e) …
avoir un teint bronzé / frais / pâle
être mignon(ne) / charmant(e) / attirant(e) / séduisant(e) / élégant(e) / repoussant(e) / laid(e) / sans beauté / sans charme

Le caractère
être franc(he), hypocrite, intelligent(e), sérieux/-euse, joyeux/-euse, gai/e, triste, courageux/-euse, peureux/-euse, craintif/-ive, timide, sure d'elle / sûr de lui, généreux/-euse, égoïste, avare, compatissant/e, serviable, impitoyable, prévenant/e, poli/e, impoli/e, sympathique, antipathique, patient/e, impatient/e, discret/-ète, travailleur/-euse, paresseux/-euse, sensible

Les relations / Les rapports humains
fréquenter qn
entretenir des relations intimes / cordiales / conflictuelles / honnêtes / harmonieuses / problématiques / distantes … avec qn
rompre les relations avec qn
avoir des rapports avec qn
s'entendre (bien) avec qn
s'arranger avec qn
se disputer avec qn
se brouiller avec qn
soutenir qn
pouvoir se passer de qn
se débarrasser de qn
mépriser qn
estimer qn
avoir peur de qn

1.4 Résumé: Les relations entre les personnages

Als Zusammenfassung der im ersten Kapitel erarbeiteten Beziehungen zwischen den Figuren sollte am Ende dieses Abschnitts ein Schaubild, das die Figurenkonstellation erläutert, angefertigt werden. Es besteht die Möglichkeit, das Schaubild gemeinsam an der Tafel zu entwickeln oder es als leere Kopie (*Page à copier 17*) an die Schüler auszuteilen. Es empfiehlt sich, die Kopiervorlage auf DIN A3 zu kopieren, um ausreichend Platz für Beschriftungen zu haben, und die Schüler darauf hinzuweisen, dass im Verlauf der Lektüre weitere Personen ergänzt werden. Denkbar wäre es auch, zusätzlich ein Plakat als Klassenzimmeraushang anzufertigen und dieses später gemeinsam zu ergänzen. *Page à copier 18* ist bereits das Schema für die Figurenkonstellation von Maximes erster Familie (La famille Grinberg). Sie ist an dieser Stelle zu finden, damit man das Schema auf die Rückseite der ersten Figurenkonstellation (La famille Grimbert) kopieren kann.

Falls die Schüler sich schwer tun mit der Bedeutung der verschiedenen Vergangenheitszeiten, bietet *Page à copier 19* eine Zusammenfassung der wichtigsten Verwendungen dieser Zeiten und *Page à copier 20* eine dazu passende Grammatikübung.

> **Erwartungshorizont zu P*age à copier 19*:**
>
> L'imparfait de description:
> > *Il fallait me croire sur parole quand je servais cette fable à mes relations de vacances … (7/2ss)*
>
> Le passé composé/Le passé simple:
> > *Un jour enfin je n'ai plus été seul. (9/1)*
> > *De ce jour j'ai marché dans son ombre. (10/8)*
>
> Le plus-que-parfait:
> > *J'avais tenu à accompagner ma mère dans la chambre de service … (9/1s)*
>
> Le présent historique (= le présent de narration):
> > *L'Alsacienne étend ses terrains de sport, sa piscine et ses gymnases en bordure de Marne … (33/16ss)*
>
> **Erwartungshorizont zu *Page à copier 20*:**
>
> **Vocabulaire: Les personnages et leurs relations**
>
> | | | |
> |---|---|---|
> | Il s'est disputé avec son frère. | – | Les deux frères se sont brouillés. |
> | Elle a les yeux cernés. | – | On peut voir qu'elle a mal dormi. |
> | Le médecin regardait l'enfant frêle. | – | Il voyait que le garçon était mince et faible. |
> | La femme décharnée ne voulait pas abandonner sa lutte. | – | Pour protester elle n'avait pas mangé pendant des semaines. |
> | Ses articulations sont constamment enflammées. | – | Elle a mal aux genoux, aux coudes et aux épaules. |
> | Le père s'est montré impitoyable et sérieux. | – | Il n'était pas compatissant et gai. |
> | Elle entretient des relations honnêtes et harmonieuses avec ses enfants. | – | La mère est franche et sympathique avec ses enfants. |

Grammaire: Les temps du passé

Quand le narrateur *était* enfant, il *dormait* mal et *faisait* de mauvais rêves. Il *souffrait* d'une solitude dont il *ne pouvait pas* se libérer. Un jour, il *a accompagné* sa mère à la chambre de service qu'elle *avait* l'intention de ranger. Quelque temps plus tard, le narrateur et sa mère *sont revenus* chercher le chien en peluche qu'ils y *avaient découvert*. Sa mère *avait dû* donner son accord malgré son malaise. Dès ce jour, la peluche Sim *consolait* le narrateur quand il *se brouillait/s'était brouillé* avec son frère. Il *promenait* Sim dans l'appartement et *essayait* d'oublier ses problèmes.

Erwartungshorizont zu *Page à copier 17*: La famille Grimbert

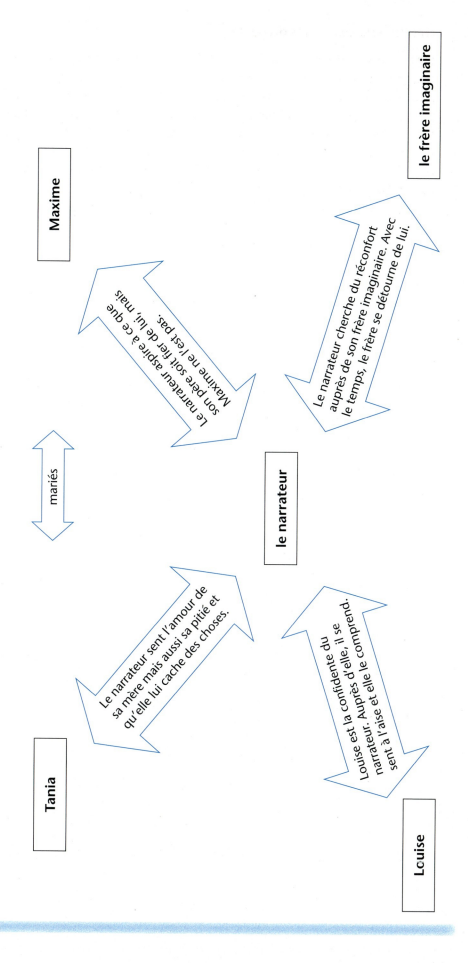

La famille Grimbert

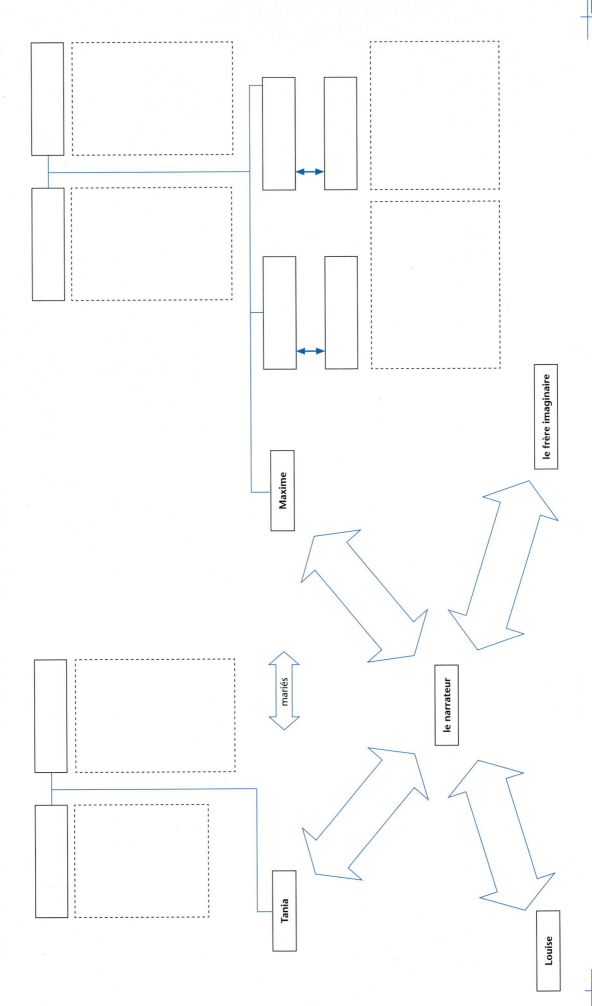

Module 1: Incipit

Erwartungshorizont zu *Page à copier 17*: La famille Grimbert (komplett)

```
         André                                    Martha                          Joseph                    Caroline
    ┌─────────────┐                          ┌─────────────┐                 ┌─────────────┐           ┌─────────────┐
    │ • le grand-père │                      │ • la grand-mère │             │ • le grand-père │       │ • grand-mère │
    │   maternel      │                      │   maternelle    │             │   paternel      │       │   paternelle │
    │ • violiniste sans│                     │ • habite dans la│             │ • a grandi en   │       │ • disparaît  │
    │   emploi        │                      │   banlieue      │             │   Roumanie, à   │       │   quand      │
    │ • abandonne sa  │                      │ • ronde,        │             │   Bucarest, mais│       │   Maxime est │
    │   famille sans  │                      │   gourmande,    │             │   ne parle pas  │       │   enfant     │
    │   prévenir      │                      │   portes des    │             │   de sa jeunesse│       └─────────────┘
    └─────────────┘                          │   lunettes      │             │   ou de sa      │
                                             └─────────────┘                 │   famille en    │
                                                                             │   Roumanie      │
                                                                             └─────────────┘
```

- **Tania** — **Maxime** (mariés)
- **Georges** ↔ **Esther** (mariés): ont une boutique de nouveautés près du métro; Georges: silencieux; Esther: bavarde sans cesse, aime se mettre en scène
- **Élise** ↔ **Marcel** (mariés): ont un magasin de vêtements professionnels à Malakoff (dans la banlieue); Élise: cultivée et communiste

le narrateur

- Le narrateur sent l'amour de sa mère mais aussi sa pitié et qu'elle lui cache des choses.
- Le narrateur aspire à ce que son père soit fier de lui, mais Maxime ne l'est pas.
- Le narrateur cherche du réconfort auprès de son frère imaginaire. Avec le temps, le frère se détourne de lui.
- Louise est la confidente du narrateur. Auprès d'elle, il se sent à l'aise et elle le comprend.

le frère imaginaire

Louise

La conclusion du narrateur après avoir présenté sa famille: Bien que tous les membres de sa famille s'occupent chaleureusement de lui, il se sent étranger dans sa propre famille. Il la voit comme «société secrète» (61/21) dont il est exclu.

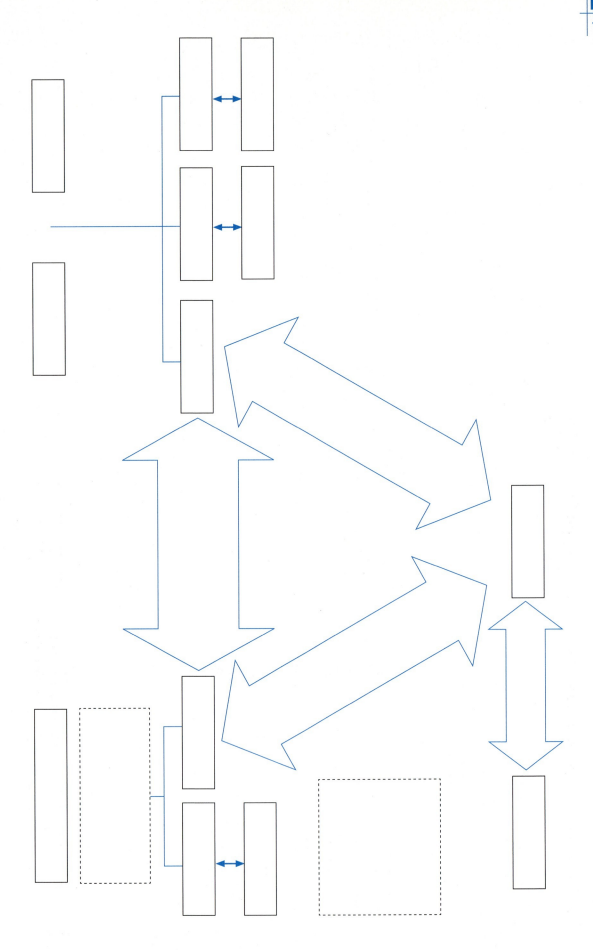

La famille Grinberg

Erwartungshorizont zu *Page à copier 18*: La famille Grinberg (jusqu'en 1942)

```
Caroline            Joseph

                    ┌──────────┬──────────┐
                    Georges    Élise      
                    ↕          ↕ mariés   
                    Esther     Marcel     
                    
                    Maxime
```

les parents de Hannah
- Juifs traditionnels
- arrêtés et déportés lors d'une des grandes rafles à Paris

Robert — mariés — Tania   Hannah

- Robert: est mobilisé sur le front de l'Est et meurt de typhus dans un stalag
- Tania: travaille dans le magasin de ses beaux-parents

Maxime ↕ Hannah :
- Hannah adore son mari et ne supporte pas que Maxime soit attiré par Tania. Maxime se sent responsable d'elle et lui reste fidèle.

Maxime → Simon : Maxime est fier de son fils fort, beau, sportif et de caractère gai qui correspond totalement à ses idéaux.

Hannah → Simon : Hannah se consacre entièrement à son fils Simon.

Louise ↕ Simon : Louise et Simon sont très proches l'un de l'autre.

Les valeurs des temps dans une narration au passé

Cherchez un exemple pour chacune de ces valeurs des temps dans le premier chapitre d'*Un secret*.

L'imparfait de description

… sert à donner l'arrière-plan du récit, à décrire la situation initiale d'un récit.

Exemple: _____

_____

L'imparfait historique (= l'imparfait narratif)

… sert à prolonger la durée d'un fait qui s'est produit à un moment précis du passé.

Le passé simple

… sert à parler de la succession des faits (= le premier plan du récit); s'emploie souvent avec des compléments de temps.

Le passé composé

… sert à exprimer un fait passé mais qui est encore en relation avec le présent. Dans la langue parlée, le passé composé remplace le passé simple.

Exemple: _____

_____

Le plus-que-parfait

… sert à exprimer un fait accompli qui s'est produit avant un autre fait passé.

Exemple: _____

_____

Le présent historique (= le présent de narration)

… sert à parler de faits passés en les rendant plus immédiats et vivants; on a l'impression que ces faits sont en train de se produire.

Exemple (chapitre II!): _____

_____

Exercices de langue

Vocabulaire: Les personnages et leurs relations

Reliez les phrases qui ont le même sens.

Il s'est disputé avec son frère.	Il n'était pas compatissant et gai.
Elle a les yeux cernés.	Pour protester elle n'avait pas mangé pendant des semaines.
Le médecin regardait l'enfant frêle.	La mère est franche et sympathique avec ses enfants.
La femme décharnée ne voulait pas abandonner sa lutte.	Les deux frères se sont brouillés.
Ses articulations sont constamment enflammées.	Il voyait que le garçon était mince et faible.
Le père s'est montré impitoyable et sérieux.	On peut voir qu'elle a mal dormi.
Elle entretient des relations honnêtes et harmonieuses avec ses enfants.	Elle a mal aux genoux, aux coudes et aux épaules.

Grammaire: Les temps du passé

Complétez le texte suivant par les formes des verbes entre parenthèses. Choisissez entre le passé composé, l'imparfait et le plus-que-parfait.

Quand le narrateur _____ (être) enfant, il _____ (dormir) mal et _____ (faire) de mauvais rêves. Il _____ (souffrir) d'une solitude dont il _____ (ne pas – pouvoir) se libérer. Un jour, il _____ (accompagner) sa mère à la chambre de service qu'elle _____ (avoir) l'intention de ranger. Quelque temps plus tard, le narrateur et sa mère _____ (revenir) chercher le chien en peluche qu'ils y _____ (découvrir). Sa mère _____ (devoir) donner son accord malgré son malaise. Dès ce jour, la peluche Sim _____ (consoler) le narrateur quand il _____ (se brouiller) avec son frère. Il _____ (promener) Sim dans l'appartement et _____ (essayer) d'oublier ses problèmes.

Module 2
Rêve et réalité – histoire de la famille Grimbert

2.1 La rencontre imaginaire entre Maxime et Tania (p. 33–43)

Avant la lecture

Als Einstieg in das zweite Kapitel erhalten die Schülerinnen und Schüler nach der Methode „penser – partager – présenter" den Arbeitsauftrag, sich zunächst allein mit der Fragestellung „**Pour toi, qu'est-ce qu'une famille idéale?**" zu beschäftigen. Ihre Gedanken tauschen sie anschließend in Partnerarbeit aus und präsentieren diese dann entweder der gesamten Arbeitsgruppe oder nochmals einer Teilgruppe. Diese Methode erlaubt auch mündlich schwächeren Schülern, sich nach einer kurzen Vorbereitungszeit aktiv in den Unterricht einzubringen und an der Diskussion teilzunehmen. Die Antworten sollten stichwortartig auf einer Folie festgehalten werden, um bei der Beurteilung der Familiensituation des Erzählers wiederaufgenommen werden zu können.

Alternativ können die Schüler als vorbereitende Hausaufgabe auch einen kurzen Text verfassen unter der Überschrift „**Ma famille idéale, c'est …**".

Pendant la lecture

Im Unterricht wird dann der erste Abschnitt des Kapitels II gelesen, in dem der Erzähler berichtet, wie er sich die Begegnung und das Zusammenleben seiner Eltern vorstellt. Dabei sollte geklärt werden, dass das folgende Kapitel der Vorstellungskraft des Erzählers entspringt. Er versucht auf diese Weise das Schweigen seiner Eltern über die eigene Vergangenheit zu kompensieren.

Anschließend werden der erste und zweite Abschnitt arbeitsteilig gelesen und die Biografien von Maxime und Tania mithilfe der *Page à copier 21* erarbeitet und präsentiert.

> Lisez p. 33 à 36 et p. 37 à 40 et présentez Maxime et Tania à l'aide des fiches biographiques.

Die zusätzlichen Informationen über die Familien tragen die Schülerinnen und Schüler dann in das Schema der Personenkonstellation aus Kapitel 1 ein.
Als Hausaufgabe bietet es sich an, den dritten Abschnitt des Kapitels lesen und einen inneren Monolog verfassen zu lassen.

> Lisez p. 41 à 43, puis transformez les descriptions du narrateur en monologues intérieurs de Maxime et de Tania.
>
> Voilà quelques questions qui peuvent vous aider à rédiger les monologues intérieurs:
>
> - Pourquoi Maxime et Tania sont-ils fascinés l'un par l'autre?
> - Comment essaient-ils de rencontrer l'autre?
> - Pourquoi pensent-ils que l'autre est quelqu'un de particulier?

Module 2: Rêve et réalité – histoire de la famille Grimbert

> **Méthodologie: Comment rédiger un monologue intérieur?**
> Pour rédiger un monologue intérieur, on se plonge dans la peau du personnage concerné pour décrire ses pensées et ses sentiments actuels. Le monologue intérieur est généralement rédigé à la première personne du singulier et au présent. Comme il ne s'agit pas d'un texte argumentatif, il est permis et même conseillé d'utiliser des phrases incomplètes, des parataxes, des questions, des ellipses, des répétitions etc.

Erwartungshorizont:

Maxime:

«Regardez-moi cette fille. Ça fait quelque temps que je l'observe et je suis de plus en plus fasciné … Qu'est-ce qu'elle est belle! Surtout quand elle porte son maillot de bain noir. C'est une excellente plongeuse. Aujourd'hui, je suis de nouveau allé m'installer près du plongeoir pour la regarder plonger. Quelle perfection! Elle plonge dans l'eau sans la faire rejaillir. Est-ce que je lui demande de sortir avec moi? Non, pas tout de suite, pas comme avec toutes les autres femmes. Elle est différente, il faut que je prenne mon temps pour la conquérir doucement. C'est une femme parfaite, je ne veux pas la prendre au dépourvu. Je pourrais peut-être lui proposer des promenades en voiture. Je lui montrerai tout Paris, surtout mes coins préférés … Je crois qu'avec Tania, ça va être différent.»

Tania:

«Le voilà de nouveau, ce garçon. Je l'ai déjà vu plusieurs fois, surtout au gymnase. J'adore l'observer en tenue de lutteur quand il dispose de ses adversaires. Il a un corps fascinant, un véritable athlète. Mais je ne suis pas la seule à voir cela, toutes ces filles qui le suivent du regard. Est-ce qu'il me regarde? Oui, l'autre jour je l'ai même vu près du plongeoir quand nous nous entraînions avec l'équipe féminine. De toute façon, je ne vais pas être une de ses conquêtes faciles. Mais j'ai l'impression que je pourrais avoir confiance en lui, peut-être même lui parler de mes doutes, de ma vulnérabilité … J'attendrai qu'il fasse le premier pas.»

Alternativ können die Schüler die Lebensläufe in einen zusammenfassenden Text umwandeln. Siehe dazu auch *Méthodologie* „Comment faire le portrait d'un personnage?".

> **Méthodologie: Comment faire le portrait d'un personnage?** *(Voir aussi page à copier 16 «Décrire des personnages».)*
>
> - Identifiez d'abord le personnage: Dites son nom, son âge approximatif, sa nationalité. Parlez aussi de sa famille, du lieu où il vit, de ses activités.
> - Puis, décrivez son physique.
> - Finalement, décrivez le personnage sur le plan moral et social (son caractère, son comportement, ses relations sociales etc).
> - Pour terminer, écrivez une phrase qui résume vos idées.

Curriculum vitae

Fiche biographique

Nom: <u>Maxime Grimbert</u>

Domicile:

Famille:

Etudes et formation:

Activités professionnelles:

Compétences:

Apparence physique:

Fiche biographique

Nom: <u>Tania</u>

Domicile:

Famille:

Etudes et formation:

Activités professionnelles:

Compétences:

Apparence physique:

Module 2: Rêve et réalité – histoire de la famille Grimbert

Erwartungshorizont zu *Page à copier 21*:

Fiche biographique

Nom: Maxime Grimbert

Domicile: Paris

Famille:
- père Joseph, émigré roumain (35/2s)
- mère Caroline, disparue dans l'enfance de Maxime (35/18)
- deux frères aînés (35/4)

Etudes et formation:
- n'a pas pu faire de longues études
- aurait bien aimé devenir médecin ou avocat à cause du titre qui aurait fait oublié l'origine étrangère de son nom (35/7ss)

Activités professionnelles:
- travaille dans le commerce de bonneterie de son père Joseph (35/1)

Compétences:
- très fort en athlétisme, pratique différentes disciplines (p.ex. la lutte gréco-romaine (34/14) ou les anneaux (34/15))
- veut briller (36/1)
- est un séducteur (35/19)

Apparence physique:
- s'habille élégamment (35/19)
- visage charmant (36/8)
- carrure d'athlète (36/16)

Fiche biographique

Nom: Tania

Domicile:
- Paris, rue Berthe (37/10)

Famille:
- la mère Martha possède un atelier de couture; elle est d'origine lituanienne (38/16)
- le père André a abandonné la famille (39/13s); il était violoniste sans emploi (39/1) puis est apparemment parti en Afrique (39/16)

Etudes et formation:
- certificat d'études (38/4s)
- école de modélistes (38/6)

Activités professionnelles:
- mannequin (37/6)
- travaille pour un journal de mode auquel elle vend des croquis de silhouettes féminines (37/7)

Compétences:
- joue très mal du violon (39/9ss)
- dessine très bien (37/2; 40/8)
- est forte en athlétisme (40/11)

Apparence physique:
- est belle (40/5)

63

Module 2: Rêve et réalité – histoire de la famille Grimbert

2.2 Maxime et Tania à Saint-Gaultier (p. 44–54)

Avant la lecture

Da es in den folgenden Abschnitten u. a. um Frankreich unter deutscher Besatzung geht, sollte vor Fortsetzung der Lektüre zunächst diese Situation genauer beschrieben und ihre Folgen für die französische Bevölkerung erklärt werden. Diese Realität lässt sich anschließend mit der kindlich-naiven Beschreibung der Liebesgeschichte von Maxime und Tania durch den Erzähler kontrastieren.

 Neben der Beschreibung des Fotos (*Page à copier 22, A.*) können die Schüler auf der im Folgenden genannten Internetseite Informationen über den Alltag der französischen Bevölkerung unter der deutschen Besatzung recherchieren.

1. Décrivez la photo et situez-la dans son contexte historique.

2. Informez-vous ensuite sur le site internet suivant sur la vie quotidienne des Français sous l'occupation allemande.

   http://www.histoire-en-questions.fr/francais-occupation-1940-1945.html

Erwartungshorizont:

1. La photo montre à l'arrière-plan l'Arc de Triomphe à Paris. Au premier plan on aperçoit un officier à cheval qui est suivi d'un bataillon de soldats armés. Cette photo date du temps de la Deuxième Guerre mondiale quand Paris a été occupé par l'Allemagne. D'après la légende, il s'agit ici d'un défilé de soldats allemands sur les Champs-Elysées.

2. voir la carte heuristique ci-dessous:

le temps des **restrictions**		
• les produits sont rationnés, comme p.ex. la nourriture, le tabac, les vêtements, les chaussures et le carburant • les Français reçoivent alors des cartes de rationnement cela n'évite pas un taux de mortalité élevé surtout parmi les plus âgés et les plus jeunes		
le temps du **marché noir**	**Paris sous l'occupation allemande «Les années noires»**	le temps des **réquisitions**
• le rationnement favorise le développement du marché noir et le système D («il faut se débrouiller»)		• l'armée allemande réquisitionne des denrées (p.ex. du blé, de la viande, des pommes de terre) pour nourrir les soldats allemands • dans le cadre du STO (service de travail obligatoire) de la main d'œuvre française est envoyée en Allemagne pour y travailler dans les usines
le temps des **représailles**		
• les Juifs sont progressivement exclus de la vie quotidienne, puis stigmatisés avec le port de l'étoile jaune • c'est le début des rafles, entre autre la rafle du Vél' d'Hiv lors de laquelle près de 12 000 Juifs sont arrêtés et ensuite transportés vers l'est • la Gestapo et la milice française arrêtent et torturent aussi des opposants au régime nazi		

A. Paris sous l'occupation

Guerre 1939–1945. Paris sous l'occupation.
Défilé allemand sur les Champs-Elysées.

B. Qui dit ou pense quoi?

1. Je me suis si longtemps cru le premier, le seul.
2. J'aurais aimé naître des amours de mes parents à Saint-Gaultier.
3. Je désire cet enfant depuis si longtemps.
4. Je ne veux pas la partager avec quelqu'un d'autre.
5. Cet enfant est né par hasard.
6. Je crois qu'il m'aime.
7. J'ai été très fragile.
8. Je l'aime beaucoup.
9. Pourquoi n'est-il pas fort et vigoureux?

Module 2: Rêve et réalité – histoire de la famille Grimbert

Pendant la lecture

 Die Schüler lesen die Seiten 44 bis 54. Arbeitsteilig werden die folgenden Aufgaben bearbeitet. Ziel ist es, mit den Schülern herauszuarbeiten, dass der Erzähler sich den Aufenthalt seiner Eltern in Saint-Gaultier in idealisierter Form vorstellt und seine Geburt als Höhepunkt dieser Liebesbeziehung sehen will.

1. Expliquez pourquoi Maxime et Tania quittent Paris et décrivez leur vie à Saint-Gaultier.
2. Relevez dans le texte ce qu'on apprend sur la vie des Français pendant la guerre.

Maxime et Tania à Saint-Gaultier	La France en guerre/sous l'occupation allemande
départ à cause de la pénurie et des menaces de réquisition (47/3s), Louise s'occupe du magasin (47/6)	
• Ils prononcent le nom de Saint-Gaultier avec exaltation. (47/14)	• La Pologne est envahie par les troupes allemandes. (45/6)
• Ce sont deux années exceptionnelles, pleines de bonheur. (47/13s)	• Les Français ont encore l'impression d'être en sécurité derrière la ligne Maginot. (45/18s)
• Saint-Gaultier apparaît comme un îlot de calme. (48/4)	
• Ils y trouvent suffisamment de nourriture (48/10) et une vie paisible (48/15) avec du travail. (48/17ss)	• Mais après l'occupation la situation change: menace de pillages (47/7), rationnement de la nourriture dans les grandes villes (49/4s) hurlement des sirènes (50/2) et peur de mourir dans les caves pendant les bombardements des villes.
• Ils passent leur temps dans la nature (49/3ss) et profitent d'une atmosphère romantique (49/15ss).	
• Le temps à Saint-Gaultier à l'air d'une période de grandes vacances. (51/7)	• Les envahisseurs humilient la population française et commettent des crimes. (51/5s)
Le narrateur imagine que Maxime et Tania étaient à l'abri de la guerre sous la protection d'un «aiguilleur bienveillant». (51/8)	L'occupation de la France et de Paris provoque beaucoup de deuils, de souffrance et d'abominations. (51/9s)

Le narrateur décrit une vision naïve et idyllique du passé qui l'aide à se sentir aimé et en sécurité.

Module 2: Rêve et réalité – histoire de la famille Grimbert

Après la lecture

Nach Abschluss der Lektüre des letzten Abschnitts werden den Schülern einige Sätze auf Folie präsentiert (*Page à copier 22, B.*). Die Schüler sollen die Sätze den einzelnen Personen, d. h. dem Erzähler, Tania und Maxime, zuordnen und erklären.

> **Lösung zu *Page à copier 22* unten:**
>
> 1. le narrateur (51/1)
> 2. le narrateur (51/1s)
> 3. Tania (53/6)
> 4. Maxime (53/10s)
> 5. Maxime (53/12)
> 6. le narrateur (53/21s)
> 7. le narrateur (53/19)
> 8. Tania (53/21)
> 9. Maxime (54/4)

Abschließend kann dann die Eingangsfrage nach der „famille idéale" wieder aufgegriffen werden: „La famille du narrateur – une famille idéale?"

Module 3

La révélation du secret

Das dritte Kapitel lässt sich in zwei Sinnabschnitte aufteilen:
1. Die Seiten 57–68 beschäftigen sich vor allem mit der Pubertät und dem Erwachsenwerden des Erzählers sowie mit der Entdeckung des Geheimnisses. Mit der physischen Reaktion des Erzählers und den darauf folgenden Erklärungen von Louise beinhaltet dieser Abschnitt den dramatischen Höhepunkt und Wendepunkt der Handlung. Daher liegt der Schwerpunkt der inhaltlichen Beschäftigung mit dem Kapitel auf dieser Passage.
2. Auf den Seiten 69–80 erfährt der Leser, welche Auswirkungen die Enthüllung des Geheimnisses auf den jugendlichen Erzähler hat.
Dieses Modul ist ebenfalls in zwei Teile unterteilt, wobei sich der erste Teil mit dem Erwachsenwerden des Erzählers beschäftigt, während im zweiten Teil das Geheimnis im Mittelpunkt steht.

3.1 L'adolescence du narrateur (p. 57–68)

3.1.1 Les autres membres de la famille

Während der vorbereitenden Lektüre ergänzen die Schüler die im ersten Kapitel angefertigte und im zweiten weitergeführte Personenkonstellation (*Page à copier 17*), da in Chapitre III (S. 59–61) die letzten Familienmitglieder vorgestellt werden. Sie erhalten den Auftrag, die wichtigsten Informationen zu den Onkeln, Tanten und Großeltern zu notieren.
Es bietet sich an, ein oder zwei Schülern eine Folie mit nach Hause zu geben, sodass diese ihre Ergebnisse präsentieren können. Im Anschluss daran könnte eine gemeinsame oder individuelle Ergänzung und evtl. die Vervollständigung des Klassenzimmeraushangs stattfinden, und die abschließende Bewertung der Familie aus Sicht des Erzählers („une société secrète", 61/21) wird festgehalten.

3.1.2 Le narrateur, un élève studieux et pubère

Avant la lecture

Die Schüler nähern sich mit folgender Aktivität dem Thema der Konflikte in der Pubertät und üben ihre Sprechkompetenz:

- Travaillez en groupes de quatre.
- Souvenez-vous des conflits que vous avez vécus pendant les trois dernières années. Chacun de vous raconte au groupe le conflit/la querelle qui vous a le plus changé(e)/impressionné(e).
- Choisissez un des quatre événements du groupe.
- Un des membres de chaque groupe raconte le conflit choisi à la classe comme si c'était le sien. La classe devine quel membre du groupe a vécu ce conflit.

Module 3: La révélation du secret

Pendant la lecture

Als Einstieg in die genauere Beschäftigung mit dem Erzähler als Jugendlichem bearbeiten die Schüler eine geschlossene Aufgabe zum Textverständnis. Die unten genannten Adjektive können angeschrieben oder auf Folie vorgegeben werden. Die Schüler suchen dann die auf den Erzähler zutreffenden Adjektive heraus und begründen ihre Entscheidung mit passenden Textbelegen von den Seiten 57, 58 und 64.

> Choisissez les adjectifs qui caractérisent le mieux le narrateur comme élève et cherchez des références aux pages 57, 58 et 64.

| discret – studieux – doué – rebelle – passionné – ambitieux – désorganisé – sage |

Lösung:

studieux (64/2–6, 64/11–12) – ambitieux (57/2–3) – doué (58/1–2) – passionné (57/7–18) – sage (58/2–3)

Auf den Seiten 65–68 wird das innere Ringen des Erzählers mit sich selbst und der richtigen Reaktion auf sein Umfeld deutlich. Er muss sich entscheiden zwischen einerseits dem Wunsch, endlich zu all den anderen Jungen zu gehören, die er sonst beim Fußballspielen nur aus der Ferne sieht und mit denen er jeglichen körperlichen und sportlichen Vergleich scheut, und andererseits seinem Unrechts- und Pietätempfinden, das ihn insbesondere von seinem Sitznachbarn unterscheidet. Dieser innere Konflikt führt schließlich zum gewalttätigen Ausbruch des Erzählers, der den Wendepunkt in seinem Leben darstellt und der gleichzeitig der Wendepunkt des vorliegenden Romans ist.

Die Schüler sollen in Dreiergruppen vorbereiten und vorspielen, wie „die Anpassung" (*la conformité*) und „die Auflehnung" (*la rébellion*) um den Erzähler ringen. Jede Seite versucht, mit Argumenten auf ihn einzuwirken. Um ihre Argumente zu finden, beziehen sich die Schüler auf die Seiten 57–58 und 64–68.

> Mettez en scène le conflit intérieur du narrateur avant l'éclat. Étudiez bien les pages 66–68. Prenez aussi en compte ce que vous savez sur la situation scolaire du narrateur et les relations avec ses camarades (p. 57–58 et 64–65). L'un de vous est le narrateur, les deux autres jouent la conformité et la rébellion sur scène.

Erwartungshorizont:

la conformité	la rébellion
• enfin, tu as la possibilité d'être accepté par les camarades • cherche la complicité avec eux • fais des blagues pour les impressionner	• ce n'est pas juste • il s'agit d'un sujet sérieux • ils ne t'accepteront pas en tout cas • défends les faibles, ceux qui ne peuvent pas se défendre

Wenn die Schüler die Textstelle gut verstanden und interpretiert haben, drücken sie die Steigerung der Intensität der Gefühle, die im Erzähler aufsteigen und zu seinem plötzlichen Ausbruch führen, in ihrer Präsentation aus. Dieser Aspekt sollte bei einer abschließenden Evaluationsrunde auf jeden Fall thematisiert werden.

Module 3: La révélation du secret

Im Anschluss kann, je nach Lerngruppe, eine genauere Textanalyse des Abschnitts von S. 66, Z. 18, bis S. 68, Z. 9, vorgenommen werden, um den Schülern die Verknüpfung zwischen inhaltlicher Relevanz, struktureller Bedeutung und sprachlicher Ausgestaltung in dieser Schlüsselszene aufzuzeigen.

> **Analyse de l'explosion physique du narrateur**
>
> - les temps des verbes
>   plus-que-parfait → passé simple → passé composé → imparfait narratif
>   ➡ l'usage des temps rend les événements de plus en plus immédiats
> - les pronoms personnels
>   répétition de «il» → répétition de «je»
>   ➡ l'usage des pronoms montre la transition de la passivité du narrateur au comportement actif et indépendant
> - les champs lexicaux
>   le corps: les cuisses, le coude, le corps glorieux, l'estomac, le visage, les yeux, le poing, le plexus, les cheveux, la tête, les doigts, la bouche
>   ➡ montre l'intensité et la férocité de la bagarre
>   le rire: des grossièretés, l'hilarité, un rire, rire, j'ai ri (3x)
>   ➡ sert à souligner la cruauté du film en renforçant le contraste
> - la négation (➡ les changements)
>   accumulation de négations à partir de p. 67 l. 19
>   ➡ le narrateur prend ses distances à l'égard de sa vie antérieure
>
> ➡ **l'accumulation de moyens linguistiques souligne la pertinence du passage du point de vue du contenu: l'explosion physique qui changera la vie du narrateur**
>
> ➡ **du point de vue structurel: le point culminant/le tournant qui entraîne la révélation du secret (➡ le début du dénouement)**

Als aktive Umsetzung der Analyse könnte die besprochene Textstelle im Anschluss expressiv vorgelesen werden mit der Vorgabe, dass die erarbeiteten Erkenntnisse in den Vortrag einfließen sollen.

Après la lecture

Weitere Analyse-Aufgaben zur Auswahl und Differenzierung:

1. Étudiez le comportement du narrateur dans ce passage-clé (p. 65–68). Comparez-le avec son comportement habituel.

(weniger leistungsstarke Lerngruppen; in etwa schriftliche Ausarbeitung der im Unterricht erarbeiteten und szenisch dargestellten Analyse)

2. Justifiez pourquoi les pages 65 à 68 constituent un passage-clé.

(stärkere Lerngruppen; leichte Abwandlung der Analyse aus dem Unterricht)

3. Analysez le style des passages où l'auteur parle de ses expériences à l'école et avec les autres enfants. Référez-vous aux pages suivantes: p. 57–58; p. 64.

(starke Lerngruppen)

Module 3: La révélation du secret

Erwartungshorizont:

1. individuelle Antworten

2. individuelle Antworten

3. **Einige Stilfiguren, die die Schüler finden können:**
   la gradation 57/2–3
   la mise en relief 57/3–4
   la métaphore 57/3; 58/1–2; 58/14; 64/2–4
   l'allitération 58/10–12
   la personnification 58/10–11
   l'énumération (l'accumulation) 57/14–19
   l'hyperbole 57/14–19
   la périphrase 64/14

   Wirkung: Der Erzähler leidet darunter, nicht mit den anderen Kindern zusammen Sport treiben und auf diesem Gebiet nicht mit ihnen konkurrieren zu können. Er überträgt Ausdrücke und Bilder aus dem Bereich des Sports auf den schulischen Zusammenhang, um dieselben Erfolgserlebnisse zu haben, die andere Kinder beim Sport erleben. Auf dem schulischen Gebiet kann der Erzähler die Erfolge verbuchen, die ihm beim Sport nicht möglich sind, bleibt aber trotzdem fasziniert vom Sport, was die lebhaften Beschreibungen der Kinder auf dem Sportplatz und beim Schulsport zeigen.

Des Weiteren besteht die Möglichkeit, sich mit dem Thema der Pubertät und Persönlichkeitsfindung zu beschäftigen. Der Sprachmittlungstext „Wie erfahre ich, wer ich wirklich bin?" von Peter Lauster (*Page à copier 23*) spricht die Schüler in besonderem Maße an, weil er direkt an junge Leser gerichtet ist.

Erwartungshorizont zu *Page à copier 23*:

Médiation:
Plus souvent que dans d'autres phases de la vie, c'est à l'âge pubère qu'on se pose la question «Qui suis-je?». Pour pouvoir répondre à cette question, les jeunes essaient de trouver leur place parmi les autres jeunes et les adultes. En même temps, la puberté est l'âge où, le corps se transformant en adulte, on découvre sa propre sexualité et se rend compte des différences entre les sexes. Devenir adulte est un processus actif pendant lequel on établit sa personnalité individuelle. Ce processus se joue entre les normes de la société, le jugement des autres et l'authenticité de l'individu. L'auteur suppose que la société veut constamment influencer l'individu pour qu'il s'adapte aux normes et que cette influence empêche l'individu de se trouver. Donc, il encourage le lecteur à se libérer des contraintes que la société lui impose et à être authentique pour trouver sa propre identité.

Analyse et rédaction:

1. • la fascination sexuelle pour les corps (58/10–12; 63/5–10; 66/13–17)
   • le changement du corps (65/1–2)
   • un nouveau courage (67/19–68/1)
   • une nouvelle force (68/6–9)

2. individuelle Antwort

3. individuelle Antwort

Wie erfahre ich, wer ich wirklich bin?

Die Frage: „Wer bin ich?" ist eine der wichtigsten Fragen, die der Mensch sich stellt. Wenn du ernsthaft lebst, begleitet dich diese Frage durch dein ganzes Leben. Sie stellt sich dir besonders deutlich in der Pubertät, in dieser hochsensiblen Lebensphase, in der wir uns selbst finden wollen im Vergleich zu anderen. In der Pubertät will der Einzelne außerdem erkunden, welche Rolle er einnimmt im Vergleich zu Gleichaltrigen und Erwachsenen. Die Pubertät ist ein Erwachen: Du siehst dich selbst und die Mitmenschen mit neuen Augen, hervorgerufen durch die körperlichen Veränderungen während der Geschlechtsreife. Dem Jungen wird plötzlich bewusst, dass er ein männliches Wesen ist, dem Mädchen, dass es zur Frau wird. […]

Kein Leben verläuft erfolgreich und glatt. Es werden dir Grenzen aufgezeigt und deiner Entfaltung Riegel vorgeschoben. Doch jede dieser Krisen hält die Chance bereit, dir die Frage: „Wer bin ich?" erneut zu stellen. Schließlich bist du ein besonderes Individuum, und die anderen sind das gleichfalls.

Viele glauben, durch Anpassung der Individualität ausweichen zu können. Ist Anpassung an die Normen von anderen aber die Lösung? Bitte stelle dir folgende Frage selbst: „Kann ich durch Anpassung an ein Persönlichkeitsbild, das mir andere empfehlen, oktroyieren wollen oder vorleben, mein Problem lösen?" Wohl kaum. Ständig bist du den Wertungen der anderen ausgesetzt, die ‚beurteilen', ob du dieses gut und richtig gesagt oder gemacht hast und jenes falsch. In der Mathematik gibt es solch ein Richtig und Falsch, doch im Bereich der Persönlichkeitsentwicklung und Individuation gibt es dieses Richtig und Falsch nicht, auch kein Gut und Schlecht. Was ist überhaupt objektiv gut, was schlecht?

Hermann Hesse sagt: „Meine Aufgabe ist es nicht, anderen das objektiv Beste zu geben, sondern das Meine so rein und aufrichtig wie möglich."

Du brauchst nicht das objektiv Beste geben, denn wer kann schon bestimmen, was das ist? Wenn du das Deine so rein und aufrichtig wie möglich gibst, dann ist das das Beste, was du geben kannst. Es kommt also darauf an, dass du authentisch bist. Dieser Vorgang des Authentisch-Werdens, das ist der Reifeprozess des Erwachsen-Werdens. Mehr und mehr authentisch zu sein, der werden, der du innerlich bist, also das, was du fühlst, aufrichtig zu erkennen und umzusetzen: das ist der Weg der Selbstwerdung. […]

Die Einflüsse der Fremdbestimmung sind gewaltig und verlockend. Deshalb bedarf es immer wieder der Konflikte und Krisen, damit du wach wirst und nein sagst. Fremdbestimmung ist Manipulation. Du wirst manipuliert von den Eltern und Lehrern, den Bekannten, Freunden und Partnern, den Kollegen und Chefs. Diese Einflüsse haben eine enorme Wirkung, denn wenn man es den anderen recht macht, dann hat man seine bequemliche Ruhe: Sie hören auf zu kritisieren und zu nörgeln, und du fühlst dich sicherer und geborgener.

Die Sicherheit und Geborgenheit der Anpassung ist jedoch nur ein Scheinfrieden. In ihm kommt deine eigene Wahrheit nie ganz zur Ruhe, da du dich nur angepasst hast. Du wirst deshalb vielleicht sogar gelobt, aber in dir ist noch etwas anderes, sind deine aufrichtigen Gefühle und die Gedanken, die daraus entstehen.

Die Anpassung durch Manipulation kannst du nur eine gewisse Zeit durchhalten. Wenn sich ein Freund von dir abwendet, wenn du deinen Job verlierst, wenn eine Liebesbeziehung zerbricht, dann wirst du innerlich aufgewühlt, wirst wachgerüttelt, denn es muss gehandelt werden. […]

In diesem Moment wird dir bewusst, dass es darum geht, wer du bist. Jede Krise birgt die Chance, dir selbst näherzukommen, zur Selbstbestimmung zu gelangen, authentisch zu fühlen, zu denken und zu entscheiden. Jede Krise sollte deshalb, so leidvoll und schmerzhaft sie zweifellos ist, als ein Wachstumsprozess zur Reifung angesehen werden. Du erhältst die Chance, wieder ein Stück mehr über dich zu erfahren.

(599 Wörter)

Auszug aus: Peter Lauster: Ausbruch zur inneren Freiheit. Mut, eigene Wege zu gehen; www.peterlauster.de/download/ausbruch_leseprobe.pdf

Médiation:

Peter Lauster, l'auteur du texte, s'adresse au lecteur pour l'aider à se trouver lui-même. En vous référant à l'extrait donné,
- montrez le rôle de l'âge pubère;
- résumez le passage à l'âge adulte/la découverte de soi-même.

Analyse et rédaction:

1. Décrivez les signes de l'âge pubère et du processus de découverte de soi-même chez le narrateur.

2. „Die Einflüsse der Fremdbestimmung sind gewaltig und verlockend." Discutez les influences de l'ingérence sur la vie et jugez la thèse de l'auteur.

3. Le proviseur doit écrire un rapport pour documenter l'incident pendant la projection. Dans ce rapport, il décrit l'événement et il porte un jugement sur les deux élèves impliqués. Écrivez son rapport.

3.2 La découverte du secret (p. 61–80)

Avant la lecture

Da es im folgenden Teil des Romans um die Art und Weise geht, wie der Erzähler das Familiengeheimnis erfährt und wie es ihm dabei geht, soll der Einstieg die Schüler für den Umgang mit Geheimnissen sensibilisieren. Die Karikatur (siehe **Page à copier 24**), die sich mit Sensationslust und mangelnder Privatsphäre in Reality-Shows beschäftigt, bietet im Vergleich zu *Un secret* ein anderes Extrem im Umgang mit Geheimnissen an, das es den Schülern ermöglichen soll, verschiedene Facetten des Themas zu durchdenken und zu beleuchten.

> **Erwartungshorizont zu *Page à copier 24*:**
>
> 1. individuelle Lösung
>
> 2. Ces dernières années, les émissions de téléréalité fleurissent et semblent satisfaire le goût du sensationnel des téléspectateurs en affichant les secrets les plus privés des protagonistes. L'émission la plus regardée est celle dans laquelle les secrets sont les plus absurdes. Cette caricature montre le traitement indiscret des secrets personnels et le voyeurisme insatiable qui représentent l'antithèse du traitement du secret de famille dans *Un secret*.
>
> 3. individuelle Antwort
>
> 4. on a peur des conséquences/des représailles; on craint que les autres se moquent; on est embarrassé; etc.

Les secrets

Vocabulaire pour parler des secrets:

garder un secret
dissimuler qc à qn
se taire sur qc
taire qc à qn
un silence persiste

découvrir un secret
livrer/révéler un secret
rompre le silence
s'ouvrir à qn
se confier à qn

1. Décrivez la caricature.
2. Expliquez le message.
3. Donnez votre avis concernant la télé-réalité et la façon dont elle traite les secrets et discutez-en.
4. Expliquez ou imaginez pourquoi il n'est parfois pas possible de parler de ses secrets.

Pendant la lecture

3.2.1 Les étapes menant à la découverte

Die Erkenntnis, dass in der Familie offensichtlich etwas nicht stimmt, kommt für den Erzähler nicht plötzlich. Vielmehr handelt es sich um einen Erkenntnisprozess, der im weitesten Sinne mit den Schuldgefühlen in seiner frühen Kindheit beginnt, zumindest aber in seiner Jugend (ab Seite 61) deutlich zutage tritt. Die Schüler zeichnen zunächst diese Entwicklung nach:

> 1. Tracez les étapes qui mènent à la découverte du secret.
> 2. Expliquez comment l'auteur crée du suspense.
>
> **Erwartungshorizont/Tafelbild:**
>
> 1. a) le détachement du narrateur vis-à-vis de sa famille: 61/18–22 «une société secrète»
>   b) le rapprochement de l'histoire: les deux films: 62/12–63/10; 65/3–67/9
>   c) le réflexe soudain de se révolter contre le camarade et de défendre les victimes: 67/12–68/18
>   ➡ le signe que Louise attendait
>
> 2. L'auteur crée du suspense en créant une différence de conscience entre le narrateur-auteur qui connaît toute l'histoire, le narrateur comme enfant qui commence à découvrir le secret et le lecteur qui sait un peu plus que l'enfant grâce aux allusions du narrateur-auteur.
>   Exemples d'allusions de la part du narrateur-auteur où le narrateur ne semble pas se douter du secret: 51/1–3; 62/1–11; 64/14–16

3.2.2 Les effets qu'a la révélation sur le narrateur

Die Schüler bereiten als Hausaufgabe den Rest des Kapitels vor (S. 69–80) und bearbeiten die Leseverstehensaufgabe zu den Auswirkungen der Enthüllung des Geheimnisses auf den Erzähler (*Page à copier 25*).

> **Lösungen zu *Page à copier 25*:**
>
> 1. La révélation le rend plus fort. (vrai, 71/10–11)
> 2. La révélation lui donne une nouvelle identité détachée de sa chétiveté. (vrai, 71/6–8)
> 3. Le narrateur doit se défaire de son illusion romantique. Il apprend que la famille idéale qu'il a imaginée dans le deuxième chapitre n'a jamais existé. (vrai, 73/5–6)
> 4. Le narrateur comprend que le frère imaginaire qu'il a créé était Simon. (vrai, 74/6–8)
> 5. Il parle enfin avec ses parents. (faux, 75/8–11)
> 6. Il a pitié de son demi-frère. (faux, 76/9–12; 77/6–7)
> 7. Il commence à comprendre la déception que son père éprouve envers lui. (vrai, 78/19–79/2)
> 8. Il cesse de se battre avec son frère parce qu'il réalise que tous ses efforts étaient vains et qu'il n'avait jamais eu de chance de gagner la lutte contre lui. (vrai, 80/1–2 + 14–15)

Als Zusammenfassung der Leseverstehensaufgabe formulieren die Schüler selbst die Auswirkungen des neuen Wissens auf den Erzähler.

> Résumez les effets qu'a la révélation sur le narrateur. (1 phrase!)

Erwartungshorizont:

Le narrateur est consterné par la révélation, mais il devient plus sûr de lui en apprenant que son frère imaginaire a vraiment existé.

3.2.3 La véritable histoire de la famille Grimbert

Die Schüler fassen die wichtigsten Informationen, die sie auf den Seiten 69–80 über die wahre Geschichte der Familie Grimbert erhalten, zusammen.

> Résumez ce que vous apprenez sur la véritable histoire de la famille Grimbert (pp. 69–80).

Erwartungshorizont:

Ce passage du roman *Un secret* écrit par Philippe Grimbert fournit les premiers renseignements sur le passé de ses parents juifs au narrateur. Il apprend que ses parents étaient mariés à d'autres partenaires: Robert, le mari de Tania, et Hannah, la femme de Maxime. Louise lui décrit Simon, le fils parfait et adoré de Maxime et d'Hannah ce qui rend le narrateur jaloux.

Méthodologie: Rédiger un résumé

Le résumé
- est plus court que le texte donné.
- répond aux questions: qui, quoi, où, quand, comment, pourquoi.
- est écrit à la 3ᵉ personne du singulier au présent.
- a un style neutre/objectif.

Comment commencer?
Dans ce passage du roman *Un secret*
– de Philippe Grimbert, il s'agit de …
– écrit par Philippe Grimbert, il est question de …
Le passage donné du roman (intitulé) *Un secret* de Philippe Grimbert
– parle de …
– met en lumière …

Les effets de la révélation sur le narrateur (p. 69–80)

Décidez si les effets suivants sont vrais ou faux. Citez les phrases-clés qui justifient votre décision et indiquez les pages/lignes.

	vrai	faux
1. La révélation le rend plus fort.	☐	☐

_____
_____

| 2. La révélation lui donne une nouvelle identité détachée de sa chétiveté. | ☐ | ☐ |

_____
_____

| 3. Le narrateur doit se défaire de son illusion romantique. Il apprend que la famille idéale qu'il a imaginée dans le deuxième chapitre n'a jamais existé. | ☐ | ☐ |

_____
_____

| 4. Le narrateur comprend que le frère imaginaire qu'il a créé était Simon. | ☐ | ☐ |

_____
_____

| 5. Il parle enfin avec ses parents. | ☐ | ☐ |

_____
_____

| 6. Il a pitié de son demi-frère. | ☐ | ☐ |

_____
_____

| 7. Il commence à comprendre la déception que son père éprouve envers lui. | ☐ | ☐ |

_____
_____

| 8. Il cesse de se battre avec son frère parce qu'il réalise que tous ses efforts étaient vains et qu'il n'avait jamais eu de chance de gagner la lutte contre lui. | ☐ | ☐ |

_____
_____

3.3 Vocabulaire: Les secrets et le silence

Hier eine Auflistung von Ausdrücken, die die Schüler aktiv beherrschen sollten, um sich adäquat zum Hauptthema des Romans äußern zu können:

Vocabulaire pour parler des secrets et du silence:

un secret honteux/inavouable/indicible/ douloureux/horrible/terrible/terrifiant
un lourd secret
être dans/connaître un secret
garder un secret
dissimuler qc à qn
se taire sur qc
taire qc à qn
un silence persiste
le poids du silence/du secret
le secret/le silence pèse sur qn

s'enfermer/se réfugier dans un silence/ dans le mutisme
découvrir un secret
livrer/révéler un secret
partager un secret avec qn
confier un secret à qn
lever le voile sur/dévoiler un secret
rompre le silence
s'ouvrir à qn
se confier à qn
trahir un secret

Module 4
La véritable histoire de la famille Grimbert

Das vierte Kapitel erzählt die „wahre" Geschichte der Eltern des Erzählers und ist damit auch das längste Kapitel des Buchs (S. 83–145). Da im Unterricht nicht alle Abschnitte detailliert gelesen werden können, wechseln sich im Folgenden Phasen detaillierten (*lecture intensive*) und analytischen (*lecture analytique*) Lesens mit Phasen kursorischen (*lecture écrémage*) Lesens ab. Das gesamte Kapitel kann am Ende in analytischer oder handlungsorientierter Form mit den Schülern zusammengefasst werden.

4.1 Maxime (p. 83–93)

Die ersten drei Abschnitte des vierten Kapitels werden chronologisch aus der Sicht Maximes erzählt. Es bietet sich daher an, sie in einer vorbereitenden Hausaufgabe zu lesen und den drei Abschnitten jeweils einen Titel zu geben.

Pendant la lecture

> Lisez les trois premières parties du chapitre IV (p. 83 à 93) et donnez un titre à chaque partie.
>
> **Erwartungshorizont:**
> 1. Le mariage traditionnel de Maxime et de Hannah
> 2. La première rencontre entre Maxime et Tania
> 3. La naissance de Simon

Für stärkere Schülergruppen kann der Arbeitsauftrag durch folgende Frage ergänzt werden:

> Justifiez votre choix par un champ lexical correspondant.

> **Méthodologie: Qu'est-ce qu'un champ lexical?**
>
> Un champ lexical se compose de mots qui se rapportent à un même thème. Les termes suivants, par exemple, appartiennent tous au champ lexical du livre: «un bouquin, une publication, lire, une bibliothèque, feuilleter, survoler, un libraire …».

Im Unterricht selbst werden zunächst die ersten Zeilen des Kapitels IV thematisiert. Hier wird klar, dass für den Erzähler beide Familiengeschichten – die erfundene und die wahre – nebeneinander bestehen bleiben und die Vergangenheit unter ein positiveres bzw. negativeres, ja tragisches Licht stellen.

Anschließend soll mithilfe der ersten drei Unterkapitel Maxime, aus dessen Sicht die Ereignisse geschildert werden, genauer charakterisiert werden. Dies geschieht in einer arbeitsteiligen Gruppenarbeit mit folgenden Arbeitsaufträgen:

Module 4: La véritable histoire de la famille Grimbert

- Lisez p. 83 à 85 et montrez l'attitude de Maxime à l'égard du mariage juif.
- Lisez p. 86 à 89 et montrez l'attitude de Maxime à l'égard de Hannah et de Tania.
- Lisez p. 90 à 93 et montrez l'attitude de Maxime à l'égard de la guerre et de son fils Simon.
- Lisez p. 90 à 93 et montrez l'attitude de Maxime à l'égard de son fils Simon.

Lösungen siehe *Page à copier 26*

Maxime

première partie	deuxième partie	troisième partie
épouse Hannah, mais «aurait aimé se dispenser de ces manifestations traditionnelles» (p. 84)	épouse Hannah, mais rencontre Tania lors du mariage: «l'éclat de cette femme [Tania] lui brise le cœur» (p. 87)	Maxime et Hannah vivent les premières années de leur mariage et la naissance de leur fils Simon.
• a toujours essayé de faire oublier ses origines juives (p. 84) • a toujours évité de se réjouir lors des fêtes religieuses, ne partage pas le repas du shabbat avec sa famille (p. 85) • son culte: le culte du corps (p. 85) **champs lexical** du judaïsme: Mazel Tov, briser des verres, la bar-mitzva, les chandelles, le shabbat	• Tania est pour lui la plus belle femme qu'il ait jamais vue: «une athlète accomplie, nageuse émérite et plongeuse de haut vol» (p. 87) • elle le plonge dans un «brouillard» (p. 87) • évite de se rapprocher d'elle pour ne pas être tenté par elle (p. 89) **champs lexical** du regard: guetter, l'éclat, chercher le regard de qn, fixer, un simple regard, il ne voit plus que Tania, il lève ses yeux, les paupières baissées, ouvrir les yeux	• la naissance de Simon rend Maxime très heureux, tout le «reste passe au second plan» (p. 91) • Maxime continue à s'entraîner au stade et attend de pouvoir emmener son fils pour tout lui apprendre (p. 91) • en même temps, la guerre s'annonce, mais Maxime n'y croit pas et se moque de son père (p. 93) **champs lexical** de la <u>menace</u>: l'ombre de la guerre, les brimades, la vague brune, la crainte, hostile, les persécuteurs, le wagon rempli de paille, les grand-messes, les torchères, les bannières, des foules en grand uniforme **champs lexical** de l'insouciance/de la bonne santé: menton volontaire, se développer parfaitement, dormir bien, appétit féroce, sourir à tous

Maxime essaie de faire oublier ses origines, il nie sa judéité et remplace le culte juif par un culte du corps (semblable à celui des nazis).

Fasciné par Tania, Maxime est tenté d'oublier Hannah au moment de leur mariage.

Maxime

Maxime rejette totalement l'idée d'une guerre menaçante.
La seule chose qui compte pour lui est son fils Simon qu'il soumet dès le début à son propre culte du corps.

Après la lecture

Die Person Maxime sollte an dieser Stelle kontrovers diskutiert werden. Dabei kann auch die provozierende Frage gestellt werden, ob Maxime Antisemit ist, da er die jüdischen Traditionen bewusst ablehnt und in seinem Denken einigen nationalsozialistischen Idealen nahesteht (siehe unten im Erwartungshorizont). Dagegen spricht allerdings, dass er seine jüdische Familie nicht ablehnt, sich der Unterdrückung durch die Nationalsozialisten verweigert und einfach als „normaler" Franzose behandelt werden möchte.

Methodisch kann die folgende Frage als **Pro-Kontra-Debatte** inszeniert werden. Die Schülerinnen und Schüler sitzen einander gegenüber und tauschen nach einer gewissen Vorbereitungszeit Argumente für oder gegen die These aus. Diejenigen, die ihre Meinung ändern, können die Seite wechseln. Ziel ist es, die jeweils andere Gruppe von der eigenen Meinung zu überzeugen und am Ende zu einem Gesamtbild zu kommen. Die Argumente sollten während der Diskussion von einigen Schülern notiert und als Ergebnis festgehalten werden.

- Maxime – un antisémite? Discutez cette thèse.

Erwartungshorizont:

D'un côté
- le culte du corps joue un rôle énorme dans la vie de Maxime
- il a le sens de la lutte/du combat et de la discipline ce qui apparaît surtout quand il fait du sport
- il tombe fou amoureux de Tania qui correspond physiquement à l'idéal d'une femme national-socialiste (blonde, sportive)
- il renie ses origines juives, p.ex. en contestant les rites juifs, en refusant de porter l'étoile jaune ou en changeant de patronyme

De l'autre côté
- Maxime ne refuse pas sa famille juive, au contraire: quand il ressent enfin la menace qui pèse sur sa famille, il organise leur passage en zone libre
- il n'insulte ni ne dénigre jamais les Juifs en tant que tels
- il veut simplement être un Français «normal»

4.2 Paris occupé (p. 94–98)

Pendant la lecture

Der vierte Abschnitt des Kapitels IV nimmt die fortschreitende Bedrohung der Franzosen und insbesondere der jüdischen Franzosen durch die deutschen Besatzer in den Blick. Es bietet sich daher an, diesen Abschnitt einer genaueren historischen Analyse zu unterziehen. Vorbereitend können die Schüler den Abschnitt unter folgender Fragestellung bearbeiten:

Résumez les menaces qui pèsent sur la famille de Maxime et de Hannah.

Erwartungshorizont:

- toute l'Europe entre en guerre (p. 94)
- le régime de Vichy est instauré (p. 94)
- Paris est occupé par l'armée allemande (p. 94)
- on entend parler des premières arrestations (p. 96), puis de rafles (p. 97) – des «opérations organisées pour nettoyer le pays des éléments indésirables» (p. 97)

Module 4: La véritable histoire de la famille Grimbert

- la menace se concrétise dans la personne de Hitler (p. 98)
- début des problèmes de ravitaillement (p. 98)
- déportation de gens sous le contrôle de la police française (p. 98)

Der Abschnitt «L'Autriche est annexée … y semer la terreur.» (S. 94, Z. 12 bis S. 96, Z. 3) wird dann im Unterricht einer detaillierten Textanalyse unterzogen. Sprachlich und inhaltlich stärkeren Kursen wird die Tabelle (*Page à copier 27*) mit folgenden Fragen vorgelegt:

1. Lisez p. 94, l. 12 à p. 96, l. 3.

2. En vous appuyant sur vos connaissances historiques, identifiez les personnes dont il est question dans les phrases suivantes. Expliquez ensuite les phrases.

3. Comment l'auteur fait-il ressortir l'atmosphère de menace? Analysez le style de l'extrait.

Sprachlich oder inhaltlich schwächeren Kursen kann man die Personen oder Satzerklärungen aus dem Erwartungshorizont vorlegen und sie einzelnen Sätzen im Textabschnitt zuordnen lassen.

Erwartungshorizont zu *Page à copier 27*:

2.

citation	personnes dont il est question	explication
l. 4: «Des visages s'affichent, auxquels la France va confier sa destinée.»	le maréchal Pétain, Laval, …	Ce sont les hommes politiques qui arrivent au pouvoir après la débâcle et l'instauration du régime de Vichy.
l. 5: «On voit défiler des chars, des troupes de conquérants descendre au pas de l'oie les Champs-Elysées.»	les troupes allemandes	Les troupes allemandes montrent leur victoire et leur force en défilant sur les Champs-Elysées, la rue symbole de toute la France.
l. 6: «Sur la place du Trocadéro un homme en grand uniforme, les mains dans le dos, contemple la tour Eiffel d'un œil de propriétaire.»	Hitler	Avec la visite de la tour Eiffel, symbole de la France entière, Hitler montre qu'il se sent maître du pays entier après la défaite catastrophique de l'armée française.
l. 10s: «Ceux qui assuraient la sécurité … deviennent les auxiliaires zélés d'un projet implacable.»	les fonctionnaires, les employés	Une grande partie de la police et des employés soutiennent la politique du régime de Vichy et avec cela, celle des nationaux-socialistes. Ils deviennent ainsi une menace pour leurs propres compatriotes.
l. 15s: «Le gros autobus … va s'alourdir de cargaisons d'hommes et de femmes chargés de balluchons.»	les Juifs, les résistants, les opposants au régime de Vichy => les arrêtés, les déportés	Avec l'instauration du régime de Vichy commencent aussi les rafles et les déportations vers l'Allemagne.

l. 18s: «La quinze-chevaux … s'arrête désormais au petit matin devant les porches des immeubles pour y semer la terreur.»	la Gestapo	La quinze-chevaux devient la voiture symbole de la Gestapo qui vient souvent pendant la nuit pour arrêter des opposants au régime.

3. L'extrait se caractérise par les **éléments suivants**:

- utilisation du présent de narration qui évoque la présence immédiate de la menace
- champ lexical de la guerre (annexée, envahie, armistice, régime de Vichy, des chars, des conquérants, uniforme, le danger, l'ennemi, la terreur) qui contraste avec un champ lexical de l'insouciance d'avant-guerre (figures familières, jardins, cinémas, familles heureuses, la route des vacances)
- accélération du récit: beaucoup d'**énumérations** («l'Autriche annexée, la Pologne envahie, la France entre en guerre», «Ceux qui assuraient la sécurité, réglaient la circulation …»,) en **rythmes ternaires**, d'**asyndètes** (manque d'éléments de coordination entre les propositions, comme p.ex. et/ou/puis etc.) et d'**ellipses** provoquent le sentiment que les événements semblent inévitables
- l'extrait se concentre sur la description d'éléments du quotidien connus déjà avant la guerre (les employés, les sergents, l'autobus, les jardins, les cinémas etc.) et qui se transforment progressivement en objets de terreur
- les personnages historiques ne sont pas identifiés par leurs noms, la menace est par conséquent une menace collective et absolue

Paris occupé

citation	personnes dont il est question	explication
l. 4: «Des visages s'affichent, auxquels la France va confier sa destinée.»		
l. 5: «On voit défiler des chars, des troupes de conquérants descendre au pas de l'oie les Champs-Elysées.»		
l. 6: «Sur la place du Trocadéro un homme en grand uniforme, les mains dans le dos, contemple la tour Eiffel d'un œil de propriétaire.»		
l. 10s: «Ceux qui assuraient la sécurité … deviennent les auxiliaires zélés d'un projet implacable.»		
l. 15s: «Le gros autobus … va s'alourdir de cargaisons d'hommes et de femmes chargés de balluchons.»		
l. 18s: «La quinze-chevaux … s'arrête désormais au petit matin devant les porches des immeubles pour y semer la terreur.»		

Après la lecture

Über lange Zeit sind sich Maxime und sein Vater Joseph uneinig darüber, ob die Bedrohung durch die Nationalsozialisten auch ihre Familie betrifft. Während Joseph vor dem Hintergrund seiner Biografie das Schlimmste befürchtet („ce qu'il a fui en Roumanie va se répéter", S. 96), weigert sich Maxime über längere Zeit, die Bedrohung als real zu akzeptieren.

Rédigez un dialogue entre Maxime et son père Joseph dans lequel ils parlent de la situation décrite dans cet extrait. Montrez leurs avis différents à l'égard de la menace qui pèse sur leur famille. Jouez ensuite le dialogue.

Erwartungshorizont:

Joseph:
- a entendu parler des «premières arrestations» (p. 96), des «centres de rassemblement» (p. 96), de la Nuit de cristal en Allemagne, de «l'instauration du statut des Juifs» (p. 96), des «rafles qui se généralisent» (p. 97)
- comme il a déjà fait l'expérience de la persécution des Juifs en Roumanie, il est capable d'interpréter correctement ces signaux

Maxime:
- n'est pas d'accord avec Joseph
- n'aime pas entendre les gens se plaindre ou larmoyer (p. 97)
- veut croire que tout cela ne vise pas les Juifs intégrés depuis longtemps dans la société française mais seulement les étrangers qui n'ont «rien changé à leur mode de vie» (p. 98)
- éprouve quand même des doutes quand il commence à connaître Hitler, qui lui rend odieuse la langue allemande (p. 98)

4.3 La fuite (p. 99–115)

Die Abschnitte 5 bis 8 dieses Kapitels werden mit der folgenden Aufgabenstellung in kursorischer Lektüre gelesen. Die Szene, in der Hannah sich der Leidenschaft ihres Mannes für Tania bewusst wird, wird im folgenden Abschnitt nochmals aufgenommen.

Trouvez un titre adéquat pour chaque partie.

Erwartungshorizont:

1. Hannah exclue
2. La décision de partir en zone libre
3. Le passé de Tania et ses sentiments à l'égard de Maxime
4. La fuite des hommes

Alternativ können die Schüler bei der Lektüre die folgenden Satzanfänge vervollständigen, um einen chronologischen Überblick über die Ereignisse in den vier Abschnitten zu erhalten.

Module 4: La véritable histoire de la famille Grimbert

> Lisez p. 99 à 115 et terminez les phrases suivantes. Justifiez votre choix par une citation (page/ligne).
>
> 1. Maxime refuse de …
> 2. Tania vient …
> 3. Hannah se rend compte que …
> 4. La famille décide finalement …
> 5. Tania ressent …
> 6. Les hommes réussissent à …
> 7. Thérèse, la fille du colonel, se sent …
>
> **Erwartungshorizont:**
>
> 1. Maxime refuse d'<u>apposer le tampon juif sur sa carte d'identité</u>.
> 2. Tania vient <u>de nouveau se loger rue Berthe, chez sa mère</u>.
> 3. Hannah se rend compte <u>que Maxime est ouvertement fasciné par Tania</u>.
> 4. La famille décide finalement <u>de tenter le passage en zone libre</u>.
> 5. Tania ressent <u>une fascination troublante pour Maxime</u>.
> 6. Les hommes réussissent à <u>passer en zone libre</u>.
> 7. Thérèse, la fille du colonel, se sent <u>attirée, elle aussi, par Maxime</u>.

4.4 Hannah (p. 116 – 122)

In den folgenden Abschnitten geht es im Wesentlichen um Hannah, ihre Situation und ihren Weg zum tragischen Höhepunkt des Romans. Da die Charakterisierung Hannahs eine wesentliche Voraussetzung für mögliche Erklärungen ihrer Selbstaufgabe und Verhaftung ist, soll diese anhand der Abschnitte 9 und 10 vorgenommen werden.

Avant la lecture

Für den Einstieg werden Bilder verschiedener bekannter oder unbekannter Frauen an die Tafel geheftet. Die Schüler sollen entscheiden, welche von ihnen am ehesten Hannahs Rolle übernehmen könnte, und dies begründen.

> Parmi les actrices suivantes, choisissez celle qui vous paraît le plus correspondre à l'image de Hannah. Justifiez votre choix.

Pendant la lecture

Bevor die Schüler Hannahs Porträt erstellen, suchen sie unter den genannten Adjektiven diejenigen, die auf Hannah zutreffen, und notieren dazu die entsprechenden Referenzstellen im Buch. Folgende Szenen können vorgegeben werden: die Hochzeitsszene (S. 83ff.), die Geburt Simons (S. 90ff.), der Ausflug ins Stadion (S. 100) und die Zeit der Vorbereitung auf die Flucht (S. 116ff.). Aus den gewählten Adjektiven sollten die Schüler schließen können, dass Hannahs großes Glück am Tag ihrer Hochzeit und der anschließenden Geburt ihres

Sohnes sich allmählich in ein Gefühl der Verlassenheit und Verzweiflung verwandelt, das wiederum in ihrer Selbstaufgabe mündet.

> Lesquels des adjectifs suivants vont avec Hannah? Trouvez des extraits du texte qui expliquent votre choix.
>
> | | | | | | | | |
> |---|---|---|---|---|---|---|---|
> | triste | ☐ | joyeuse | ☐ | furieuse | ☐ | amoureuse | ☐ |
> | solitaire | ☐ | tranquille | ☐ | jalouse | ☐ | affectueuse | ☐ |
> | fière | ☐ | anxieuse | ☐ | perdue | ☐ | sûre d'elle | ☐ |
> | désespérée | ☐ | | | | | | |

Alternativ lässt sich die Entwicklung Hannahs auch in Form von Standbildern festhalten. Dabei erhalten die Schüler die oben genannten Szenen als Referenz und stellen dann Hannah in ihren unterschiedlichen Gemütsverfassungen als Bilderreihe dar. Um die Wirkung einer solchen Bilderreihe zu erhöhen, ist es sinnvoll, dass die Zuschauer jeweils nur die einzelnen Bilder sehen und die Augen schließen, während das nächste Standbild entsteht (für das Augen öffnen und schließen können vorher bestimmte Zeichen vereinbart werden, wie z. B. ein Klatschen). Anschließend beschreiben die Zuschauer die einzelnen Bilder und nutzen dazu die genannten Adjektive oder erweitern die Liste entsprechend.

Als schriftliche Aufgabe erstellen die Schüler ein Porträt von Hannah.

> Faites le portrait de Hannah. Rassemblez dans ces deux parties du texte (p. 116 à 122) des informations concernant:
> - son physique
> - sa situation familiale
> - son caractère/ses habitudes

Erwartungshorizont:

portrait physique de Hannah:
- un peu ronde, les yeux clairs qui brillent (p. 117)

sa situation familiale:
- juive
- mariée avec Maxime
- un fils: Simon
- son mari est déjà parti en zone libre, elle veut le suivre en peu de temps
- pendant l'absence de son mari, elle s'occupe de Simon et de leur magasin

son caractère:
- est très proche de son fils (p. 116)
- se sent souvent seule (p. 116)
- n'est pas très sûre d'elle: Maxime «est toute sa vie» (p. 116), «sans lui, elle n'est plus rien» (p. 120)
- est affectueuse, aime tout le monde (p. 117), surtout Maxime et ses parents = ils sont les murs sur lesquels elle s'appuie dans la vie
- est jalouse (p. 117)
- est fière d'elle-même parce qu'elle réussit à «faire tourner le commerce» (p. 117)

- mais au moment où les murs s'écroulent (la déportation de ses parents, la lettre de Maxime annonçant que Tania vient d'arriver à Saint-Gaultier) Hannah est désespérée et perdue (p. 121: elle ne réagit plus, elle délire, elle refuse de partir en zone libre, elle «se réfugie dans un mutisme total»)

Après la lecture

«Alors, elle prononcera une phrase, une seule, qui perdra Simon.» (p. 122) Imaginez cette phrase!

individuelle Antwort

4.5 Le sacrifice de Hannah (p. 123–127)

Das Geschehen um Hannahs Selbstaufgabe bildet den Kernpunkt des Romans. Hier entdeckt der Erzähler den Ursprung des Familiengeheimnisses, dessen genauer Ablauf selbst Maxime und Tania für immer verborgen bleiben wird. Auf der Grundlage des Porträts, das die Schüler im letzten Kapitel von Hannah gezeichnet haben, kann nun spekuliert werden, aus welchen Gründen sie sich und ihren Sohn Simon aufgibt und inwieweit sie – so deutet es Philippe Grimbert an – dabei als tragische Figur bezeichnet werden kann.

Pendant la lecture

Der Textausschnitt (S. 123–127) wird von den Schülern laut gelesen. Anschließend äußern sich die Schülerinnen und Schüler spontan in einem Blitzlicht zu ihren Gefühlen nach der Lektüre der Szene. Evtl. können bestimmte Gefühle an der Tafel festgehalten werden.

Zur Textabsicherung erhalten die Schüler den Auftrag, den Raum mit den unterschiedlichen Personen skizzenhaft darzustellen und jeder Person auf der Grundlage des Textes einen imaginären Satz in den Mund zu legen.

1. Esquissez la scène au moment où l'officier contrôle les papiers de Hannah.

2. Imaginez ensuite pour chaque personnage présent une phrase/une pensée que vous noterez sur votre feuille.

1. Détails à esquisser:
- Esther et Louise se sont installées à une table, à côté du bar (123/1s)
- Hannah se trouve près de la fenêtre, un peu plus loin (123/2s)
- Louise cache le petit chien sous la table (124/8)
- Le passeur est accoudé au bar et boit un verre (124/13)
- Deux des officiers restent près de la porte, l'autre contrôle les papiers de Hannah (124/14)
- Simon sort des toilettes (125/14s)
- Il n'y a pas d'autres clients dans le café (123/2s)
- Les officiers sont des Allemands (124/21s)
- Dehors, il fait déjà noir (123/19)

2. individuelle Lösung

Die zentrale Frage, warum Hannah sich und ihren Sohn opfert, soll abschließend von den Schülern diskutiert werden. Dies geschieht entweder in der gesamten Gruppe oder über die Methode des „Heißen Stuhls": Die Schüler erhalten einige Minuten zur Vorbereitung, dann setzt sich eine Schülerin/ein Schüler als Hannah in die Mitte und wird von den anderen befragt.

1. Pourquoi Hannah se sacrifie-t-elle avec son fils? Discutez!
2. A la page 122, le narrateur écrit: «Hannah la timide, la mère parfaite, s'est transformée en héroïne tragique, la fragile jeune femme est soudain devenue une Médée, sacrifiant son enfant et sa propre vie sur l'autel de son amour blessé.» Expliquez ce commentaire, puis donnez votre opinion: Hannah – coupable ou victime?

Erwartungshorizont:

1. individuelle Antwort
2. Le sacrifice de Hannah est
   - un acte de **résignation**: Hannah pense avoir perdu l'amour de Maxime au moment où Tania arrive à Saint-Gaultier. Comme elle ne peut pas imaginer une vie sans Maxime, elle trahit délibérément sa véritable identité et celle de son fils.
   - un acte de **désespoir**: Les parents de Hannah ont été déportés, maintenant, elle perd aussi l'autre personnage central dans sa vie. Elle est alors profondément désespérée et perd tout goût de vivre.
   - un acte de **vengeance**: Hannah veut se venger auprès de Maxime parce que celui-ci trahit leur amour.
   - un acte **d'imprudence**: Hannah présente à tort ses papiers avec le tampon juif.

Après la lecture

1. Ecrivez le monologue intérieur de Hannah au moment de l'attente.
2. Rédigez le dialogue entre Esther et Louise après l'arrestation de Hannah et de Simon.

3. Esther et Louise arrivent à Saint-Gaultier et rencontrent Maxime et Tania. Jouez la scène.

Erwartungshorizont:

1. Le monologue intérieur de Hannah pourrait comprendre les éléments suivants:
   - des souvenirs: son mariage avec Maxime, la naissance de Simon, leur amour et leur joie, puis l'intrusion de Tania dans sa vie, la perte de ses parents
   - sa situation actuelle: la fuite, le fait que Tania se trouve à Saint-Gaultier, sa jalousie, son désespoir, sa peur, Simon à qui elle s'accroche, l'idée de «fuir» le présent
2. Le dialogue entre Esther et Louise pourrait comprendre les éléments suivants:
   - les émotions après la scène vécue au café
   - le souvenir de Hannah qui, depuis la lettre de Simon et la perte de ses parents, avait l'air de ne plus être elle-même

- les reproches qu'elles se font à elles-mêmes: pourquoi n'ont-elles pas pu sauver Hannah et Simon?
- la peur: que vont-elles dire à Maxime au moment de l'arrivée à Saint-Gaultier?

3. individuelle Antwort

Alternativ oder zusätzlich kann die Szene aus dem Buch mit der Filmszene (1:11:48 – 1:15:00) verglichen werden. Im Gegensatz zu der sehr ausführlichen Schilderung im Roman setzt der Regisseur in der Filmszene auf eine reduzierte Umsetzung der Ereignisse. Der Fokus liegt auf Hannah, deren Gesicht immer wieder in Nahaufnahme gezeigt wird, während Louise und Esther fast nur im Hintergrund zu sehen sind. Im Gegensatz zu ihnen und zu Simon, der ganz in seiner kindlichen Freude und Arglosigkeit gezeigt wird, erscheint Hannah schicksalsergeben und emotionslos. Ihre zentrale Rolle als Auslöserin des tragischen Familienschicksals wird noch dadurch unterstrichen, dass die Szene im Übrigen fast ohne Dialoge und weitere visuelle Impulse auskommt. Ziel ist es daher herauszufinden, mit welchen filmischen Mitteln der Regisseur die Dramatik der Situation ausdrückt. Vor der Arbeit mit dem Film sollten die Schülerinnen und Schüler den Wortschatz zur Filmanalyse erhalten (S. 94 f.).

Der Kurs wird zunächst in zwei Gruppen geteilt. Eine der Gruppen geht aus dem Raum, die andere sieht den Film ohne Ton und beantwortet folgende Frage:

> Regardez la séquence et notez les différentes scènes (les images) et les cadrages.

Anschließend geht die erste Gruppe aus dem Raum, die andere hört den Filmausschnitt, ohne die Bilder zu sehen, und beantwortet folgende Frage:

> Ecoutez la séquence sans la regarder et notez les bruits que vous entendez (la bande sonore).

In gemischten Arbeitsgruppen rekonstruieren die Schüler nun aus Ton und Bildern den Filmausschnitt (siehe Tabelle unten). Sie finden dabei heraus, dass der Regisseur die Dramatik von Hannahs Verzweiflungstat inszeniert, indem er
- die Szene in einer sehr idyllischen Atmosphäre beginnen lässt (ein Gartencafé, das von Grün umgeben ist, gackernde Hühner, denen Simon fröhlich hinterherläuft, im Hintergrund eine Kirche, andere Gäste, Simon, der seinen Hund füttert);
- die Dialoge auf ein Minimum reduziert und stark mit anderen auditiven und visuellen Mitteln arbeitet;
- über die Kameraeinstellung die Nervosität von Louise und Esther mit der Emotionslosigkeit Hannahs kontrastiert;
- die Kamera immer mehr auf Hannah fokussiert und sie in Nah- und Großaufnahmen zeigt;
- die anfänglich harmlos-friedlichen Geräusche (gackernde Hühner, zwitschernde Vögel, Kinderstimme) in eine immer bedrohlichere Geräuschkulisse verwandelt (Hundegebell kündigt die Ankunft der Polizisten an, soldatenähnliche Schritte auf dem Pflaster, als Hannah und Simon mitgenommen werden, der Motor des sich entfernenden Lastwagens).

Erwartungshorizont:

Les élèves pourraient repérer les éléments suivants (il n'est pas question de noter exactement tous les bruits et tous les cadrages). La plupart des scènes sont filmées en plan rapprochés ou américains. Les exceptions sont notées dans le tableau suivant:

Module 4: La véritable histoire de la famille Grimbert

	la bande sonore	les scènes et les cadrages
1.	• des poules, des oiseaux • le narrateur • de la musique douce, triste, calme	• Simon court après les poules • les autres sont assis dans un jardin-café séparés les uns des autres • plan large qui montre tout le café avec les hôtes
2.	• la sonnette d'une porte • des pas sur le pavé • le narrateur	• un garçon (François) traverse une cour (plan large), entre dans un appartement et écoute parler une femme (Louise) • gros plan sur la femme et François
3.	• musique douce • quelqu'un qui enlève qc de la table • des poules, des oiseaux	• Hannah enlève la coccinelle de la table (gros plan)
4.	• des poules, des oiseaux	• Simon court encore après les poules
5.	• Simon qui donne à manger à qn • dialogue entre Simon et le serveur • Hannah ne répond pas à la question du serveur	• Simon fait manger son chien et parle avec le serveur • gros plan sur Hannah
6.	• dialogue entre Hannah qui lui demande de faire doucement et Simon qui veut faire pipi • Simon va aux toilettes • des poules au fond • aboiement de chiens	• Simon boit et parle avec sa mère qui veut se lever • il court seul aux toilettes • gros plan sur les visages de Louise et d'Esther qui se transforment: d'abord, elles sourient, puis elles ont l'air d'être inquiètes • arrivée de la milice
7.	• «Je peux voir vos papiers.» • qn feuillette les papiers	• la milice contrôle les papiers d'Esther et de Louise • plan rapproché sur Hannah qui est presque toujours visible pendant le contrôle des papiers
8.	• de nouveau des pas • «vos papiers, s'il vous plaît» • puis un long silence	• le policier vient chez Hannah pour contrôler ses papiers • Hannah ne montre pas d'émotions (gros plan) • gros plan sur ses vrais et ses faux papiers qu'elle met ensemble sur la table • visages consternés d'Esther et Louise • gros plan sur le visage de Hannah et sur les papiers
9.	• le claquement d'une porte et des pas rapides • «C'est mon fils.»	• Simon arrive • plan moyen sur Simon et puis gros plan sur Hannah qui dit quelque chose
10.	• des pas de plusieurs personnes • l'ordre allemand „mitnehmen" • le moteur d'un camion qui s'éloigne	• coupe franche • la milice emmène Hannah et Simon, ils montent dans un camion avec deux soldats ➡ gros plans sur les pieds et la fermeture du camion • le camion s'éloigne => plan d'ensemble

Expressions utiles pour analyser un film:

le film	Film
le titre	Titel
le réalisateur/la réalisatrice	Regisseur/in
> réaliser un film	bei einem Film Regie führen
un acteur/une actrice	Schauspieler/in
la séquence/la scène/le plan	Filmsequenz/Szene/Einstellung
Le film comprend des <u>flash-backs</u> ou des <u>flash-forwards</u>.	Der Film benutzt Rückblenden oder Vorausblenden.
la bande sonore	**Tonspur**
les bruits (m)	Geräusche
la musique	Musik
les paroles (f)	Sprache
la voix off	Offstimme
les images	**Bilder/Kameraeinstellungen**
la caméra	Kamera
le point de vue	Kameraperspektive
le champ	Bildausschnitt
la coupe franche/le cut	Schnitt
les plans:	Kameraeinstellungen:
– le plan général	Weitaufnahme
– le plan large	Totale
– le plan moyen	Halbtotale
– le plan américain	Halbnahaufnahme
– le plan rapproché	Nahaufnahme
– le gros plan	Großaufnahme
– le très gros plan	Detailaufnahme

Quelques exemples pour des plans (tirés de: EinFach Französisch, Unterrichtsmodell *Au revoir, les enfants* par Rainer Haberkern, Schöningh Verlag, Paderborn 2007, p. 42):

Le plan général (Weit): La caméra se trouve à une grande distance de l'objet filmé: une vue d'ensemble du pasage, des panoramas. L'homme ne joue qu'un rôle mineur et insignifiant.

Le plan large (Totale): Une vue générale de l'action, mais l'individu peut-être bien distingué. Ce plan permet au spectateur de s'orienter dans le lieu et dans le temps.

Le plan moyen (Halbtotale): La caméra se rapproche du sujet. L'être humain est filmé de la tête aux pieds. Le cadre devient plus important.

Le plan américain (Halbnah): L'individu est présenté de la tête jusqu'aux genoux. Il est montré dans des relations bien définies avec d'autres personnes.

Module 4: La véritable histoire de la famille Grimbert

Le plan rapproché (Nah): La personne est présentée de la tête jusqu'au ventre. A part l'expression du visage les gestes surtout des mains sont importants.

Le gros plan (Groß): La caméra se rapproche à un tel point que la majeure partie de l'écran est occupée par un visage ou l'expression du visage.

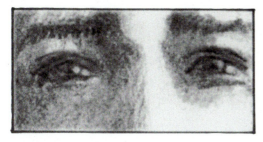

Le très gros plan (Detail): Quand il s'agit d'une personne, une partie du visage es visée comme p. ex. l'œil ou la bouche. Les très gros plans augmentent ainsi la tension.

4.6 La naissance du secret (p. 128–145)

In den folgenden Abschnitten geht es im Wesentlichen um die Entstehung des «secret de famille» nach Hannahs Verzweiflungstat. Maxime und Tania nähern sich einander unter den missbilligenden Blicken der anderen Hausbewohner noch in Saint-Gaultier an, um dann, einige Monate später in Paris und immer unter der Last des schlechten Gewissens, eine eigene Familie zu gründen. Die Schüler lesen S. 128 bis 138 und notieren die Schritte, die Maxime und Tania aufeinander zu machen.

1. Lisez les pages 128 à 145 et notez les étapes que franchissent Tania et Maxime pour établir leur relation.

2. Maxime et Tania peuvent-ils être un couple heureux? Discutez!

Erwartungshorizont:

1.

	Que se passe-t-il?	citations
1.	Tania et Maxime sont conscients de leurs attraits respectifs, mais ils n'y cèdent pas. L'arrivée d'Hannah doit mettre fin à cette situation difficile.	Tania «est enfin près de l'homme qu'elle désire» (129) Maxime est «obsédé par l'image de la jeune femme qui dort dans la chambre voisine» (130)
2.	Esther et Louise annoncent ce qui s'est passé avec Hannah et Simon. Alors, Maxime s'enferme dans sa chambre et s'isole totalement.	Tania «l'évite, baisse les yeux lorsqu'elle le croise» (133) «L'absence de sa femme et de son fils dresse entre eux une barrière infranchissable.» (133)

3.	Après quelques semaines d'isolement, Maxime n'en peut plus et recommence à s'approcher de Tania, d'abord en lui montrant sa souffrance, puis en couchant avec elle pour la première fois.	«son premier regard est pour Tania. Il ne veut plus résister» (135) «il lui offre sa douleur» (136) «Un soir enfin il s'autorisera à la prendre.» (137)
4.	De retour à Paris, ils se séparent pendant des mois parce qu'ils ne supportent pas d'être ensemble là où vivaient Hannah et Simon: Maxime, qui fait le deuil de sa famille, habite au premier étage du magasin, Tania chez sa mère. Son mari Robert est mort pendant la guerre.	«Il leur est devenu impossible d'écarter l'image des absents» (143) «Lorsque Tania apprend la mort de Robert, elle le pleure à peine.» «Il a commencé à faire son deuil, Hannah et Simon ne reviendront jamais.» (144)
5.	Finalement, ils se marient et gèrent ensemble le magasin.	«Ils se marieront, travailleront ensemble rue du Bourg-l'Abbé» (145)

2. individuelle Antworten

Im letzten Teil des vierten Kapitels wird die Mauer des Schweigens thematisiert, die um Hannahs und Simons Schicksal errichtet wird. An dieser Stelle bietet es sich an, die Strategien der Familie zusammenzufassen, die es ermöglichen, dem Erzähler die wirkliche Familienvergangenheit zu verschweigen.

Relisez les pages 138 et 145 et notez les différentes stratégies de la famille pour cacher le destin de Hannah et Simon.

Erwartungshorizont:

- ne plus prononcer son nom ni celui d'Hannah (138/12)
- toutes leurs affaires sont cachées «dans l'ombre» (138/16)
- il n'existe plus que des «pensées coupables» (138/17)
- il ne reste plus qu'une douleur «tapie au fond de chacun» (145/24)
- les noms des morts ne sont plus prononcés (145/25)
- Maxime change son patronyme de Grinberg en Grimbert (145/28s)

Der Einfluss dieses Geheimnisses auf das Leben des Erzählers wird in Modul 5 wieder aufgenommen (5.2 Le poids du secret).

Zum Abschluss des Kapitels IV wird mithilfe des Schemas der Personenkonstellation eine Bilanz gezogen. Alternativ kann das Kapitel in Form von Standbildern zusammengefasst werden.

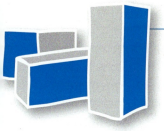

Module 5

La libération du poids du silence

Das fünfte Kapitel kann im Ganzen gelesen werden, da es nur zwölf Seiten umfasst. Die Ereignisse, die in diesem Kapitel beschrieben werden, sind sehr gerafft dargestellt. Es umspannt das Leben des Erzählers vom Alter von 15 Jahren bis hin zum jungen Erwachsenenalter, wobei jedes der Unterkapitel einen anderen wichtigen Schritt in seinem Leben thematisiert (Überblick siehe unten).

Avant la lecture

Als inhaltliche Einstimmung auf das erlösende Gespräch zwischen Vater und Sohn spekulieren die Schüler, unter welchen Umständen eine solche Aussprache stattfinden könnte.

> Dans quelles circonstances une conversation sur le secret familial pourrait-elle devenir possible? Imaginez une situation et décrivez-la.

Pendant la lecture

Um einen Überblick über die im Kapitel dargestellten Ereignisse zu erhalten, fertigen die Schüler beim ersten Lesen eine Übersicht an.

Synopsis du chapitre V

pages	âge du narrateur	événements les plus importants

149–150	15	• les conséquences immédiates de la révélation du secret
		• fonction:
		  ➡ rétrospective; renouement avec le récit
		  ➡ prolepse/allusions

151–152	environ 17	• le remplacement de Sim par Écho quelques années auparavant • les photos de Maxime et Hannah et de Simon
153–154	presque 18	• la mort de Joseph • le carré juif au Père-Lachaise • la volonté de Maxime d'être incinéré
155–158	18–19	• l'échec à l'oral du bac (Laval) • les recherches du narrateur (le Mémorial; Klarsfeld) • bac et découverte de la psychanalyse
159–161	vingtaine	• l'accident et la mort d'Écho • l'explication entre père et fils

97

Module 5: La libération du poids du silence

5.1 Les retournements (p. 155–161)

Maxime und der Erzähler zeigen zwei konträre Arten, mit der Bürde der Vergangenheit umzugehen. Während Maxime sich zurückzieht, sowohl kommunikativ als auch örtlich (sein eigener Fitnessraum als Zufluchtsort) und versucht, das Geschehene zu verdrängen, sucht der Erzähler die aktive Auseinandersetzung mit seiner Familiengeschichte: Er schafft sich einen Wissensvorsprung gegenüber seinem Vater, indem er sich beim Mémorial de la Shoah über das Schicksal Hannahs und Simons informiert. Dies stellt die erste Umkehrung in der Beziehung zu seinem Vater dar. Während bis zu diesem Zeitpunkt Maxime die Rolle innehatte, seinem Sohn Wissen vorzuenthalten, ist es nun der Erzähler, der nicht weiß, wie er seinen Vater über die Neuigkeiten in Kenntnis setzen soll.

Der zweite, noch größere Einschnitt in das Verhältnis zwischen Vater und Sohn ist das erlösende Gespräch, in dem das Geheimnis schließlich ausgesprochen wird und dadurch von seiner zerstörerischen Kraft verliert. Der Erzähler stellt zum einen fest, dass er seinem alternden Vater mittlerweile körperlich überlegen ist, zum anderen ist er derjenige, der seinem Vater die Bürde des Geheimnisses und das Gefühl der Schuld an Hannahs und Simons Tod von den Schultern nimmt. Dies illustriert die Fähigkeit des Erzählers, die Traumata seiner Kindheit zu überwinden (Resilienz).

Pendant la lecture

Anhand folgender Leitfragen sollen die Schüler die Geschehnisse auf den Seiten 155–161 analysieren und die Veränderungen im Vater-Sohn-Verhältnis beschreiben:

> Retracez le développement de la relation entre Maxime et son fils.
> Quel(le)s sont les étapes/les événements décisifs?
> Comment cherchent-ils à vivre avec le passé?

Erwartungshorizont siehe *Page à copier 28*

Bei schwächeren Schülergruppen kann das Tafelbild kopiert und Teile davon unkenntlich gemacht werden, sodass die Schüler gezielt nach den im Schema benötigten Informationen suchen.

Après la lecture

Falls noch nicht im Vorfeld geschehen, kann sich an die Analyse der Vater-Sohn-Beziehung die Beschäftigung mit der Arbeit von Serge und Beate Klarsfeld anschließen (ein weiterer Anknüpfungspunkt besteht in Modul 6). Im Einstiegs-Modul befindet sich ein Vorschlag für eine *médiation* zu diesem Thema (S. 26).

Weitere Möglichkeiten der Vertiefung sind folgende Aufgaben zur Textproduktion, die sich auf Maxime und die Frage seiner Schuld am Tod Hannahs und Simons beziehen:

1. Récrivez les pages 160–161 en changeant de perspective narrative. Racontez la situation du point de vue de Maxime.

2. Maxime se sent coupable de la mort d'Hannah et de Simon. Ses sentiments de culpabilité sont-ils justifiés ou non? Discutez!

individuelle Antworten

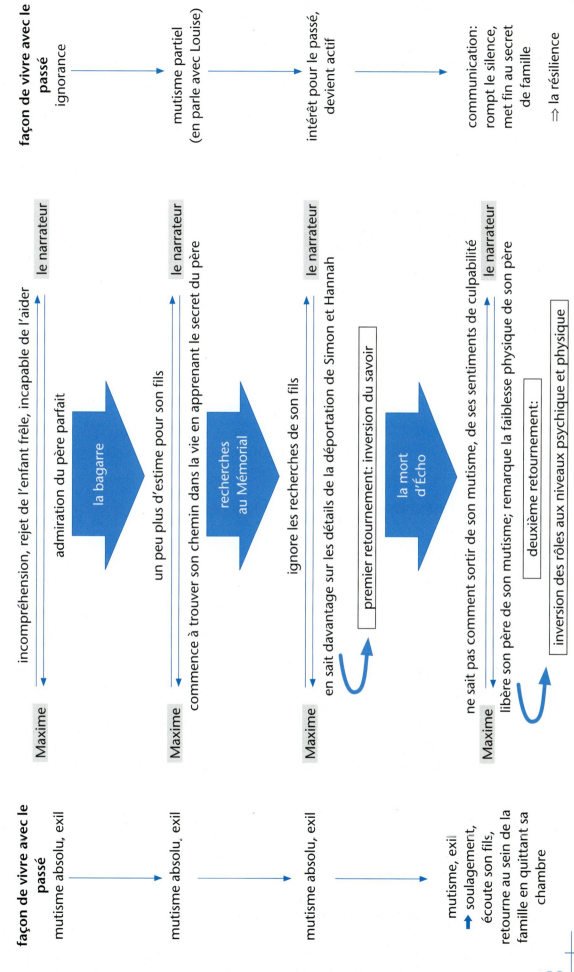

Module 5: La libération du poids du silence

5.2 Le poids du secret et la résilience

Nachdem die Schüler die Auflösung des Familiengeheimnisses analysiert haben, sollen sie sich mit dessen Tragweite auseinandersetzen. Der folgende Text von Serge Tisseron, zu dem die Schüler Leseverstehensaufgaben bearbeiten (*Page à copier 29*), beschäftigt sich mit den Auswirkungen eines Familiengeheimnisses auf Kinder, die in einer solchen Familie aufwachsen.

> **Lösungen zu *Page à copier 29*:**
>
> **1.** vrai faux ligne
> a. Un secret de famille est une chose dont on ne parle pas.   ☐ ☒ l. 6–8
> b. La famille essaie de cacher l'existence d'un secret.   ☒ ☐ l. 9–12
> c. Le secret porte toujours sur une sorte de culpabilité personnelle d'un membre de la famille.   ☐ ☒ l. 15–17
>
> **2.** Au lieu de <u>parler</u> des événements, les parents ne laissent <u>entrevoir</u> le secret que par des gestes et des attitudes, par exemple les parents commencent soudain à <u>se taire</u>, à <u>pleurer</u> ou à <u>se fâcher</u>, ce que les enfants ne peuvent pas <u>comprendre</u>.
>
> **3.** a. Les <u>mots</u> des parents ne vont pas avec leurs <u>gestes</u>.
>   b. Les <u>gestes</u> des parents ne vont pas avec les <u>situations</u>.
>   c. Les <u>gestes</u> des parents se contredisent.
>
> **4.** [c] «Considérés … qui en découlent.» ll. 45–52
>   [b] «Face à … qui l'entourent.» ll. 53–60
>   [a] «Par ailleurs … leurs effets.» ll. 61–73

Folgende Transferaufgaben stellen den Bezug des Textes von Serge Tisseron zu *Un secret* her:

> **1.** Au début d'*Un secret* le narrateur se décrit comme «[h]onteux sans en connaître la cause, souvent coupable sans raison» (8/5–6). Expliquez cet état d'âme du narrateur en vous référant aux thèses de Serge Tisseron.

Sans connaître la raison du rejet de la part de son père, le narrateur s'en sent coupable dès sa plus jeune enfance, comme le montre la citation donnée. Selon Tisseron, il arrive fréquemment que les enfants éprouvent de la honte et se sentent coupables d'événements dont ils ne savent rien. Le narrateur en est un bon exemple. Il ne peut expliquer ni les silences de Maxime ni pourquoi il s'enferme soudain dans son gymnase quand le film sur la guerre passe à la télé. Par conséquent, il rapporte le comportement de son père à lui-même ce qui fait qu'il éprouve les sentiments mentionnés.

> **2.** «Heureusement, tous les traumatismes n'engendrent pas forcément un secret, car il est toujours possible d'évaluer et de surmonter leurs effets» (l. 71–73) Analysez comment le narrateur arrive à sortir du cercle vicieux des secrets.

Für Philippe Grimbert scheint das Schreiben eine therapeutische Funktion zu haben, die dem Erzähler hilft, aus dem Teufelskreis der Geheimnisse auszubrechen, wie er im Epilog recht deutlich zu verstehen gibt. Daher kann die zweite Analyse-Aufgabe in den Epilog verschoben werden, um alle Aspekte auf einmal ansprechen zu können. Bei der Bearbeitung direkt nach dem Leseverstehen werden sich die Antworten hauptsächlich auf das oben erarbeitete Schema stützen, d.h., die Frage und der Begriff der Resilienz sollten im Rahmen des Unterkapitels „6.4 Un récit thérapeutique" wieder aufgegriffen werden.

Le poids des secrets de famille

Les secrets de famille sont la cause de troubles affectifs qui se transmettent de parents à enfants. […] Pour comprendre ce processus, nous devons, il est vrai, rompre avec un certain nombre d'erreurs qui entourent la notion de secret de famille. Tout d'abord, un secret de famille n'est pas seulement quelque chose que l'on ne dit pas, puisque nous ne disons bien entendu pas tout et à tout moment. Il porte à la fois sur un contenu qui est caché et sur un interdit de dire et même de comprendre qu'il puisse y avoir, dans une famille, quelque chose qui fasse l'objet d'un secret. En outre, dans leur grande majorité, les secrets ne sont pas organisés autour d'événements coupables ou honteux comme on le croit souvent. […] Il peut s'agir de traumatismes privés, comme un deuil, mais aussi collectifs comme une guerre ou une catastrophe naturelle.

Ces événements n'ont pas reçu de mise en forme verbale, mais ils ont toujours été partiellement symbolisés sous la forme de gestes et d'attitudes […] Ces symbolisations partielles peuvent, dans le cas d'événements douloureux, se traduire chez les parents par des silences ou des propos énigmatiques, des pleurs ou des colères sans motif apparent, totalement incompréhensibles pour leurs enfants.

Ceux-ci vont se trouver, de ce fait, confrontés à de grandes difficultés. Un parent leur manifeste des émotions, des sensations et des états du corps en relation avec une expérience forte, mais sans pouvoir leur confirmer la nature de ce qu'il éprouve et encore moins leur en expliquer la raison. Ses attitudes et ses gestes peuvent notamment entrer en contradiction avec les mots qu'il prononce, mais aussi entre eux, et être même parfois totalement déplacés par rapport à la situation.

C'est, par exemple, le cas de la mère qui regarde son enfant en souriant puis cesse brusquement de sourire et s'assombrit. Ou bien, c'est le cas du père qui tient son enfant sur ses genoux en regardant la télévision, et se raidit soudain en écartant l'enfant. […] A travers ces «suintements» du secret – qui peuvent être aussi bien des mots répétés, des lapsus ou des comportements –, l'enfant pressent une souffrance chez son parent.

Considérés d'un point de vue extérieur, les secrets de famille consistent donc en événements gardés cachés sur plusieurs générations. Mais, pour les enfants qui grandissent en y étant confrontés, l'important ne réside pas dans l'événement initial qu'il leur est de toute façon le plus souvent impossible à connaître. Il consiste dans leurs questions et leurs doutes à son sujet, et, plus encore, dans les choix qui en découlent. Face à cette souffrance dissimulée, l'enfant […] peut imaginer qu'il est lui-même le responsable de la souffrance qu'il pressent chez son parent et s'engager dans la voie de la culpabilité. Cette manière de réagir est plutôt caractéristique de la petite enfance. Dans les premières années de la vie, en effet, l'enfant se sent volontiers l'origine et la cause de ce qu'il perçoit chez les adultes qui l'entourent. […]

Par ailleurs, les enfants qui grandissent dans une famille à secrets deviennent souvent à leur tour des adultes qui créent de nouvelles situations de secrets. Comme ils ne peuvent pas maîtriser les secrets dont ils sont victimes, ils tentent d'en créer d'autres qu'ils puissent contrôler. Mais leurs enfants risquent bien d'en être perturbés à leur tour. En tous cas, un secret de famille anodin – ou que tout le monde connaît et fait semblant d'ignorer – en cache bien souvent un autre, qui peut être très grave, dans les générations précédentes. Heureusement, tous les traumatismes n'engendrent pas forcément un secret, car il est toujours possible d'évaluer et de surmonter leurs effets.

(643 mots)

par Serge Tisseron; http://www.scienceshumaines.com/le-poids-des-secrets-de-famille_fr_12501.html; © Sciences Humaines

---

1. Cochez la bonne réponse et indiquez la ligne de référence.

	vrai	faux	ligne
a. Un secret de famille est une chose dont on ne parle pas.	☐	☐	_____
b. La famille essaie de cacher l'existence d'un secret.	☐	☐	_____
c. Le secret porte toujours sur une sorte de culpabilité personnelle d'un membre de la famille.	☐	☐	_____

2. Complétez la phrase suivante sur la base du texte.

Au lieu de _____ des événements, les parents ne laissent _____ le secret que par des gestes et des attitudes, par exemple les parents commencent soudain à _____, à _____ ou à _____, ce que les enfants ne peuvent pas _____.

3. Insérez les mots suivants pour expliquer les différentes possibilités de comportement qui trahissent le secret: situations, mots, gestes.

a. Les _____ des parents ne vont pas avec leurs _____.

b. Les _____ des parents ne vont pas avec les _____.

c. Les _____ des parents se contredisent.

4. Quel paragraphe correspond à quel résumé? Insérez les lettres.

a. Les enfants d'une famille à secrets ont tendance à garder des secrets à leur tour quand ils sont adultes.
b. L'enfant peut se sentir coupable des crises des parents.
c. Le secret original pose moins de problèmes à l'enfant que ses effets.

☐ «Considérés … qui en découlent.» ll. 45–52

☐ «Face à … qui l'entourent.» ll. 53–60

☐ «Par ailleurs … leurs effets.» ll. 61–73

Module 6

Épilogue

Der Epilog beschäftigt sich in erster Linie mit dem Umgang des erwachsenen Erzählers mit der Trauer um seine Familie und dem Gedenken an Simon. Daher konzentrieren sich die Leseaufträge auf dieses Thema und führen zur Reflexion über die Notwendigkeit von Erinnerung. Falls noch nicht zum Einsatz gekommen, bietet sich im Anschluss an die Arbeit mit dem Primärtext die Möglichkeit, die Arbeit von Serge und Beate Klarsfeld zu thematisieren oder auf Jacques Chiracs Rede von 1995 einzugehen.

Des Weiteren gibt der Epilog dem Leser einen Anhaltspunkt zur Beantwortung der Frage nach der Motivation des Autors bzw. der Genrefrage.

6.1 La visite du cimetière (p. 165 – 172)

Avant la lecture

Als Einstimmung auf das Thema der Erinnerung und des Gedenkens sehen die Schüler einen kurzen Bericht über die Gedenkfeierlichkeiten zum 70. Jahrestag der „Rafle du Vél' d'Hiv" am 22. Juli 2012 (http://www.youtube.com/watch?v=Xg2_X9PasYs).

> **Transkription des Hörtextes:**
>
> *Le président français a participé ce dimanche aux commémorations de la rafle du Vél' d'Hiv. C'était il y a 70 ans, plus de 13 000 Juifs étaient arrêtés à Paris et en banlieue, puis internés dans le Vélodrôme d'Hiver avant d'être envoyés vers des camps de concentration.*
> *François Hollande, comme Jacques Chirac l'avait fait avant lui, a reconnu la responsabilité de la France dans la déportation des Juifs de France.*
> *[F. H.:] «La vérité, c'est que le crime fut commis en France par la France. Le grand mérite du Président Jacques Chirac, est d'avoir reconnu ici-même le 16 juillet 1995 cette vérité. La République pourchassera avec la plus grande détermination tous les actes, tous les propos antisémites qui pourraient amener les Juifs de France à se sentir inquiets dans leur propre pays.»*
> *François Hollande a ainsi rappelé la tuerie de Toulouse en mars dernier quand trois enfants avaient été abattus dans une école juive. «La sécurité des Juifs de France n'est pas l'affaire des Juifs», a-t-il affirmé, «c'est celle de tous les Français et j'entends qu'elle soit garantie en toutes circonstances et en tous lieux» (fin de citation).*

Die Schüler sehen den Bericht zunächst ohne Ton und ohne zu wissen, um was es geht. Sie erraten, was das Thema des Berichts ist, und konzentrieren sich auf die Handlungen:

> Décrivez les actions montrées dans le reportage.
>
> Le Président de la République, François Hollande, arrive et tient un discours devant des drapeaux français et européen.
> Des soldats assistent à la cérémonie. Ils déposent une gerbe devant un mémorial qui montre des familles accroupies.

Module 6: Épilogue

> Une chanteuse chante une chanson; un vieil homme juif tient un drapeau/un fanion.
>
> De quelle sorte d'événement s'agit-il?
>
> Il s'agit d'une commémoration. (Die Schüler erklären das Wort „commémoration", da sie sicherlich die Aufschrift auf dem Rednerpult gelesen haben.)

Erst als zweiten Schritt sehen die Schüler den Bericht zweimal mit Ton und bearbeiten die **Aufgabe zum Hör-Seh-Verstehen**:

> Regardez le reportage. Décidez si les phrases sont vraies ou fausses. Cochez les cases correspondantes et corrigez les phrases fausses.
>
> | | vrai | faux |
> |---|---|---|
> | Le motif du reportage était le 62ème anniversaire de la rafle du Vél' d'Hiv. | ☐ | ☐ |
> | François Hollande a assisté à une cérémonie à la mémoire des 13 000 victimes juives. | ☐ | ☐ |
> | François Hollande est le premier président à reconnaître la responsabilité de la France dans la déportation des Juifs. | ☐ | ☐ |
> | Il a promis aux Juifs que la France les protégera. | ☐ | ☐ |
>
> **Lösung:**
>
> Le motif du reportage était le 62ème anniversaire de la rafle du Vél' d'Hiv. (faux: C'était le 70ème anniversaire.)
>
> François Hollande a assisté à une cérémonie à la mémoire des 13 000 victimes juives. (vrai)
>
> François Hollande est le premier président à reconnaître la responsabilité de la France dans la déportation des Juifs. (faux: Jacques Chirac l'avait reconnue avant lui (en 1995).)
>
> Il a promis aux Juifs que la France les protégera. (vrai)

Als Überleitung zum Epilog könnte die (kontroverse) Erörterung weiterer Aspekte rund um das Gedenken dienen, wie etwa:
- **les fonctions des commémorations/de la mémoire**
- **ce qu'on commémore dans les différents pays (comparaison France-Allemagne)**
- **la nécessité et les façons de transmettre la mémoire aux jeunes**
- **mémoire collective et mémoire individuelle**

Pendant la lecture

Aufgrund seiner Kürze ist der Epilog ohne Probleme am Stück zu lesen, sodass die Schüler die folgenden Aufgaben als vorbereitende Hausaufgabe erledigen können (auch vor dem Einstieg mittels Hör-Seh-Verstehen, da der Epilog der Reportage nichts vorwegnimmt):

104

Module 6: Épilogue

> Lisez les pages 165 – 167/21. Répondez aux questions: Qui? Quoi? Quand? Où? Pourquoi?

Erwartungshorizont:

Qui?   le narrateur et sa fille

Quoi?   accèdent au terrain d'un château, regardent les stèles du cimetière

Quand?   plusieurs années après la mort d'Écho et de la mère du narrateur

Où?   au cimetière de chiens d'un château

Pourquoi?   pour savoir qui est enterré à ce cimetière qui appartient à la famille de Laval

> Décrivez les sentiments et les souvenirs que la visite du cimetière évoque chez le narrateur. (167/22 – 170)

Erwartungshorizont:

- il devient mélancholique et pensif
- il se souvient de la politique de Laval et de son épreuve orale du baccalauréat
- il se perd dans ses réflexions jusqu'à ce que sa fille l'appelle: il réfléchit sur le double sens de la phrase de Brasillach: «Surtout n'oubliez pas les petits» (168/2 – 3)
  ➡ Brasillach veut encourager les Français à déporter les enfants juifs les plus jeunes.
  ➡ Le narrateur veut commémorer les enfants victimes des déportations/se sent hanté par le souvenir des enfants déportés ce qui l'amène à l'idée d'écrire un livre sur Simon. => la mémoire!
- il éprouve des sentiments forts à propos de la pierre de Grigri: ému, puis fâché
- il se souvient de ses parents et combien il leur ressemble, de leur vieillissement et de leur suicide

> Expliquez la signification du «gros livre noir» (171/23) des Klarsfeld pour le narrateur.

Erwartungshorizont:

Le narrateur a enfin trouvé une façon d'empêcher que Simon soit oublié en ajoutant sa photo au volume des Klarsfeld sur les enfants déportés. Le narrateur s'engage dans le travail de mémoire dont son père n'avait jamais été capable. Faute de pouvoir inscrire le nom de Simon sur une sépulture, il l'inscrit dans ce livre.

Après la lecture

An dieser Stelle bietet sich eine Beschäftigung mit der Arbeit von Serge und Beate Klarsfeld oder mit der Rede von Jacques Chirac an (beides im Einstiegs-Modul zu finden, *Pages à copier 6* und *7*).

6.2 La structure narrative du récit («un récit non-linéaire»)

Nach Beendigung der Lektüre geben die Schüler den Kapiteln Titel (möglich sind z. B. die in diesem Unterrichtsmodell benutzten Titel), ordnen die unten stehenden Informationen den einzelnen Kapiteln zu (Période historique, Âge approximatif du narrateur, Ce qui se passe dans *Un secret*) und suchen nach den Erzählzeiten im Text. Zur Ergebnissicherung dient die Tabelle, die sich auf *Page à copier 30* befindet. Folgende Stichworte können (kopiert und auseinandergeschnitten) zum Zuordnen vorgegeben werden:

les années 50	1	les années 30–40 (surtout 1942)	4
les années 30–40	2	les années 60 à 70	5
les années 60	3	les années 90	E
l'âge de l'école maternelle/primaire	1	l'âge de collégien (15 ans)	3
[avant sa naissance]	2	[avant sa naissance]	4
15 ans – vingtaine	5	l'âge adulte	E
l'enfance triste et frêle du narrateur	1	le frère imaginaire	1
la découverte du chien, Sim	1	la rencontre de Maxime et de Tania au club de sport	2
le mariage de Tania et Maxime avant la guerre	2	Tania et Maxime passent deux années exceptionnelles et heureuses à Saint-Gaultier	2
la naissance du narrateur	2+4	un collégien modèle	3
les films sur les nazis	3	la révélation du secret par Louise	3
le narrateur jaloux de Simon	4	le mariage d'Hannah et Maxime	4
la naissance et l'enfance heureuse de Simon	4	la fuite de la famille	4
le sacrifice d'Hannah	4	l'amour secret de Tania et Maxime	4
le mariage de Tania et Maxime après la guerre	4	l'échec à l'oral du bac	5
la découverte du travail des Klarsfeld	5	le chien Écho	5
Maxime libéré de son mutisme	5	la mort de Tania et de Maxime	5
la visite du cimetière des chiens	E	l'idée du livre *Un secret*	E
le livre sur les enfants déportés de France	E		

Im anschließenden Unterrichtsgespräch wird die Erzählstruktur des Textes analysiert. Folgende Ergebnisse und Termini sollten im Fazit-Feld auf der Kopiervorlage (unter der Tabelle) festgehalten werden:

- le cadre: un récit chronologique [Ch. I, III, V, Épilogue] avec
  - des prolepses (= anticipations; p. 122; p. 150)
  - des analepses (= retours dans le passé; Ch. II + IV)
- encadré par le récit chronologique, on découvre un autre récit, d'abord imaginaire, puis réel: un récit répétitif (qui raconte plusieurs fois ce qui se produit une fois = plusieurs versions du même événement; Ch. II + IV)
- le temps du récit: alternance entre les temps du passé (imparfait, passé simple, passé composé) dans les chapitres qui racontent l'enfance du narrateur et le présent de narration (qui rend les faits du passé plus vivants) dans les chapitres qui racontent l'histoire (imaginée et réelle) de ses parents

La structure narrative

	Chapitre I	Chapitre II	Chapitre III	Chapitre IV	Chapitre V	Épilogue
Titre du chapitre						
Période historique						
Âge approximatif du narrateur						
Ce qui se passe dans *Un secret*						
Temps du récit						

Module 6: Épilogue

6.3 La question du genre

Eine weitere Frage, die sich im Anschluss an die Lektüre stellt, ist die Genrefrage. *Un secret* ist sicherlich im Spannungsfeld zwischen Roman, Autobiografie und therapeutischer Erzählung anzusiedeln. Die Charakteristika der einzelnen Genres sollen benannt werden, um ihre An- oder Abwesenheit in *Un secret* überprüfen zu können.

 Die Schüler erarbeiten arbeitsteilig anhand ihres Wissens aus dem Deutschunterricht allgemeine Charakteristika eines Romans bzw. einer Autobiografie.

	roman	autobiographie
nature	une œuvre d'imagination	le récit rétrospectif qu'une personne réelle fait de sa propre vie
temps et espace	selon l'intention de l'auteur	une époque de l'histoire contemporaine; tous les endroits existent réellement
la structure/ construction du récit	L'intrigue peut être complexifiée par des bouleversements chronologiques, ellipses, sommaires, pauses, retours en arrière …	un récit le plus souvent chronologique
les personnages	L'auteur maitrise la construction des personnages et du système des personnages. Il leur attribue des pensées, sentiments, etc.	L'auteur est à la fois personnage et narrateur de sa propre vie; les autres personnages sont des personnes réelles.

d'après: Pierre Weber, *Un secret. Fiche de lecture,* Primento Éditions, Namur 2011; http://www.litteralettres.fr/genres_narratifs.php

 Dann wenden die Schüler die erarbeiteten Kriterien auf *Un secret* an, entscheiden sich für ein Genre und begründen ihre Entscheidung. Dies kann in Form einer Blitzlichtrunde geschehen, indem jeder Schüler einen Satz äußert.

 Auf der DVD des Spielfilms *Un secret* (deutsche Fassung: *Ein Geheimnis,* von Claude Miller, 2009, Arsenal Filmverleih) befindet sich im Bonusmaterial ein Interview mit Philippe Grimbert, in dem er sich detailliert zu dieser Frage äußert. Die Schüler bearbeiten zunächst die Aufgaben zum Hör(-Seh-)verstehen (*Page à copier 31*), um im Anschluss die Genrefrage beantworten zu können.

> **Lösungen zu** *Page à copier 31:*
>
> 1. Grimbert compare la construction de son histoire
>   a) à la construction d'un pont ☒
>   b) à la construction d'une image ☐
>   c) à la construction d'un roman ☐
>
> 2. Ta mère et moi …
>   nous étions déjà mariés avant, chacun de notre côté.

3. Philippe Grimbert pense que
   a) Hannah a oublié ses papiers au fond de son sac. ☐
   b) Hannah est une écervelée. ☐
   c) Hannah ne voulait plus vivre. ☒

4. D'après Grimbert, pour quelle raison Hannah se comportait-elle ainsi?
   Hannah avait compris ce qui se passait entre son mari et sa belle-sœur.

5. a) Louise a été un membre réel de la famille de Philippe Grimbert. ☐
   b) Louise est un personnage fictif du roman de Philippe Grimbert. ☒
   c) Louise ressemble à une infirmière que connaissait Philippe Grimbert. ☒

6. Philippe Grimbert a appris la vérité par
   a) Louise ☐
   a) une vieille cousine ☐
   a) un autre membre de la famille ☒

7. Pour en savoir plus sur l'histoire de ses parents, Philippe Grimbert a
   a) posé des questions. ☐
   b) fait des recherches au Mémorial de la Shoah. ☐
   c) fait semblant de connaître l'histoire. ☒

8. Quand les parents de Grimbert ont appris qu'il connaissait la vérité, ils se sont sentis
   a) délivrés ☒
   b) furieux ☐
   c) honteux ☐

9. De quoi Philippe Grimbert est-il convaincu?
   Il est convaincu d'avoir trouvé la réalité sur la base de la fiction inventée par lui-même pour son roman «Un secret».

Die Schüler ziehen ein Fazit aus ihrer Kriteriensammlung und den Erkenntnissen aus dem Interview. Das gemeinsame Ergebnis der Analyse sollte sein, dass es sich bei *Un secret* um einen **„roman autobiographique"** handelt.

Wer an einer weitergehenden Analyse dieser Frage interessiert ist, kann die oben genannte Sekundärliteratur konsultieren; insbesondere *Un secret. Fiche de lecture* bietet eine sehr lohnende, ausführliche Ausarbeitung.

Un récit thérapeutique?

In Anknüpfung an die Lektüre des Textes von Serge Tisseron in Modul 5 soll hier die Frage nach der Überwindung des Geheimnisses zur therapeutischen Wirkung des Schreibens hinführen, die der Erzähler selbst im Epilog formuliert:
„Dans [les] pages [de ce livre] reposerait la blessure dont je n'avais pu faire le deuil". (168/9–11).

Comment le narrateur arrive-t-il à surmonter les effets du secret ?

- Le narrateur rompt le silence de la famille et relève le défi du passé.
- D'un côté, en faisant des recherches sur la Shoah, il tombe sur le travail de

> Serge et Beate Klarsfeld. Il apprend des détails sur le sort de Hannah et de Simon, ce qui l'aide à venir à bout de l'histoire de sa famille. En plus, il obtient la possibilité de publier une photo et le nom de Simon dans «le gros livre noir» des Klarsfeld et de donner une sorte de sépulture à Simon.
> - De l'autre, l'écriture du livre *Un secret* équivaut pour lui à une thérapie. On trouve déjà des traces d'un effet réparateur de l'écriture dans l'adolescence problématique du narrateur (p. 57, l. 11–18).
> - Tout cela montre la capacité de résilience du narrateur (voir en bas: citation de B. Cyrulnik).
>
> ➡ le récit montre aussi des aspects thérapeutiques

In diesem Zusammenhang kann auch der im Folgenden definierte Begriff der „Resilienz" nach Boris Cyrulnik mit den Schülern erarbeitet und auf die Entwicklung des Erzählers angewendet werden.

> D'après Boris Cyrulnik la résilience est «La capacité à réussir à vivre et à se développer positivement, de manière socialement acceptable, en dépit du stress ou d'une adversité qui comporte normalement le risque grave d'une issue négative […]» (Boris Cyrulnik, Un merveilleux malheur, p. 8).
>
> Expliquez en quoi le narrateur de *Un secret* a vécu des situations stressantes ou des adversités dans sa vie. Analysez comment il a réussi à surmonter ces difficultés.

Für eine weitergehende Beschäftigung mit dem Thema der Resilienz kann auf die Abiturprüfung Französisch 2014 (Baden-Württemberg) zurückgegriffen werden.

Interview avec Philippe Grimbert

1. Cochez la bonne case.
Grimbert compare la construction de son histoire
a) à la construction d'une image ☐
b) à la construction d'un pont ☐
c) à la construction d'un roman ☐

2. Terminez la phrase:
Ta mère et moi …

_____.

3. Cochez la bonne case.
Philippe Grimbert pense que
a) Hannah a oublié ses papiers au fond de son sac. ☐
b) Hannah est une écervelée. ☐
c) Hannah ne voulait plus vivre. ☐

4. Répondez à la question.
D'après Grimbert, pour quelle raison Hannah se comportait-elle ainsi?

_____.

5. Cochez les bonnes cases.
a) Louise a été un membre réel de la famille de Philippe Grimbert. ☐
b) Louise est un personnage fictif du roman de Philippe Grimbert. ☐
c) Louise ressemble à une infirmière que connaissait Philippe Grimbert. ☐

6. Cochez la bonne case.
Philippe Grimbert a appris la vérité par
a) Louise ☐
b) une vieille cousine ☐
c) un autre membre de la famille ☐

7. Cochez la bonne case.
Pour en savoir plus sur l'histoire de ses parents, Philippe Grimbert a
a) posé des questions. ☐
b) fait des recherches au Mémorial de la Shoah. ☐
c) fait semblant de connaître l'histoire. ☐

8. Cochez la bonne case.
Quand les parents de Grimbert ont appris qu'il connaissait la vérité, ils se sont sentis
a) délivrés ☐
b) furieux ☐
c) honteux ☐

9. Répondez à la question.
De quoi Philippe Grimbert est-il convaincu?

_____.

Schinders Tochter

Als Kind wusste Monika Göth nichts über ihren Vater. Sie hat ihn nicht gekannt. Sie wusste nicht, dass er hingerichtet worden war 1946 in Polen. Ihre Mutter hat erzählt, er sei „im Feld geblieben". „Und das waren ja die wahren Helden", sagt Monika Göth heute und sie spielt mit dem Daumen am Feuerzeug. Sie wohnten in einer Wohnung in Schwabing, erzählt sie. An der Wand im Schlafzimmer hing ein Foto ihres Vaters Amon Göth. Für die Mutter war er die große Liebe. Überhaupt die Mutter. [...] Im Kopf hat sie eine Schranke errichtet. „Sie hat mitbekommen, was im Lager passiert. Aber sie wollte es nicht wissen", sagt Monika Göth. Die Stimme ist lauter geworden.

Ihre Mutter hat Monika Göth nur bei ihren Vornamen „Ruth Irene" genannt. [...] Eine Frau, die eine lebenslange Unzufriedenheit vor sich herträgt, weil die Welt ihr zu früh ihre Liebe genommen hat. Für Ruth Irene Kalder gab es nie einen anderen Mann. Am 3. Februar 1948 hat sie ihren Nachnamen und den ihrer Tochter in „Göth" geändert. Die Schranke im Kopf bleibt zu.

Es kam vor, dass Leute die Tochter wegen ihres Aussehens angesprochen haben. „Gell, du bist die Monika?", hat die blonde Zigarettenhändlerin das kleine Mädchen gefragt, „ich kenn deinen Vater aus Plaszow." Göth vermutet heute, dass die Frau eine Jüdin war.

Aber wenn Monika Göth dann zu ihrer Mutter gelaufen ist und wissen wollte, was der Vater gemacht hat in Plaszow, gab es nur Streit. Es war die Großmutter, aus der das Mädchen es dann rausgepresst hat. „In Polen haben sie die Juden aufgehängt", hat die alte Frau gestanden. „Dein Vater war dabei."

Und natürlich hat das Mädchen dann weitergefragt, der Mutter die Antwort der Großmutter an den Kopf geworfen, und wieder gab es Krach in der Mansardenwohnung in Schwabing. Einmal hat Ruth Irene Göth ihre Tochter mit einem Kabel geschlagen, – so wenig war das Fragen erlaubt. Und da steckte Monika Göth dann schon mitten drin in einem schweren Leben.

Das Schlimme hat sie verfolgt. Monika Göth wurde von Depressionen befallen, sie hat Tabletten genommen, einmal landete sie in der Psychiatrie. Später hat sie einen Kerl geheiratet, der sie prügelt und auf den Strich schickt. Jetzt hat sie einen guten Mann, „einen Lottotreffer", sagt sie, der Mann, mit dem sie hier draußen im Altmühltal lebt. Die beiden ziehen einen zweijährigen Enkel groß. Denn Monika Göths Tochter aus erster Ehe ist heroinabhängig. Sie erzählt das, als wäre es nichts Besonderes. Die beiden sehen sich nur selten. Vielleicht hat die Sucht ja auch irgendwie mit dieser Herkunft zu tun. Mit dieser Verwandtschaft, die einem anhängt wie ein Fluch.

Die elegante Mutter Ruth Irene Göth hat sich schließlich umgebracht deswegen. [...] Die Last eines schwierigen Mutter-Tochter-Verhältnisses fällt damit nicht von ihr ab. „Ich geb mir immer noch die Schuld an ihrem Tod", sagt Monika Göth. Sie schüttelt die Zigarette in den Aschenbecher, guckt in die Luft.

Aber da war noch etwas. Eine Sache, die die streunenden Gedanken nicht mehr halten ließ. Die Mutter hatte in [einem] Interview einen Satz gesagt, einen unglaublichen Satz. Monika Göth steht jetzt auf und läuft über den Rasen. Der Satz, den ihre Mutter gesagt hatte, war: „Maybe he killed some Jews", und es ist diese Borniertheit ihrer Mutter, die macht, dass Monika Göth nun bei sich im Garten steht und brüllt: „Jetzt sind sie alle weg. Und ich kann das alleine aufarbeiten für die ganze Mischpoke!" [...] [W]ährend Monika Göth im Gras des Gartens steht und ruft und flucht, ihren Vater als „blödes Dreckschwein" beschimpft, fragt man sich, wie viele Ausbrüche dieser Art es wohl gibt jeden Tag.

Sie gibt sich wirklich Mühe. Es hat gedauert, aber Monika Göth stellt sich. Ihren Vater nimmt sie nicht mehr in Schutz. Sie trifft Überlebende, sie hält Kontakt zu Opferfamilien, sie hört jüdische Musik und lernt Althebräisch. Sie kennt fast jedes Buch, das es über den Holocaust gibt. Vor zwei Jahren hat sie einem Filmemacher ihre Geschichte vor der Kamera erzählt, der Film kommt im Herbst in die Kinos – aber es lässt sie nicht los. Jetzt steht sie auf dem Rasen, wütend und mit einer brennenden Zigarette in der Hand. „Wie soll einer jemals über so was hinwegkommen?" Sie ruft es wieder in den Garten hinaus.

(703 Wörter)

von Kirsten Küppers; http://www.taz.de/1/archiv/archiv/?dig=2003/08/15/a0155

Sujets d'études

1. Médiation et analyse

Monika Göth, la fille du commandant SS, Amon Göth, n'a longtemps pas su que son père était responsable du camp de concentration de Plaszow et qu'il y avait tué plus de 500 Juifs de ses propres mains. Elle était déjà adulte quand elle a appris la réalité en regardant le film *La liste de Schindler* au cinéma.

a) Résumez la vie de Monika Göth en vous basant sur le texte suivant.
b) Comparez les effets respectifs du secret de famille sur Monika Göth et le narrateur d'*Un secret*.

2. Rédaction

„Wie soll einer jemals über so was hinwegkommen?" (Z. 87f.)
Expliquez la citation et jugez s'il est possible de se libérer d'un tel fardeau. Vous pouvez vous référer à *Un secret*.

Erwartungshorizont zu Klausur 1

Zu 1. a):
- Monika a grandi avec sa mère et sa grand-mère
- la mère ne lui parlait pas de son père, sauf qu'il était un héros de guerre; si elle posait trop de questions, elle la battait
- sa grand-mère faisait des allusions, mais elle ne savait rien des crimes qu'avait commis son père
- Monika souffrait de troubles psychiques
- elle a épousé un homme qui n'était pas bon pour elle: il l'a forcée à se prostituer et l'a battue; leur fille commune est toxicomane
- aujourd'hui, elle est heureuse, avec un mari qui la respecte
- néanmoins, elle souffre encore car elle se sent responsable et coupable de ce que ses parents ont fait et elle ne sait pas comment s'en libérer

Zu 1. b):
- **parallèles:** ils sont les victimes de secrets de famille (les réactions des parents montrent aux enfants qu'ils ne doivent plus poser de questions); ils souffrent du passé de leurs parents; ils souffrent de relations perturbées entre père et fils/mère et fille; ils se sentent coupables des actes de leurs parents; une adolescence insouciante et normale ne leur est pas possible
- **différences:** les parents du narrateur sont juifs et innocents, ceux de Monika des nazis convaincus et coupables, le narrateur de *Un secret* veut garder le souvenir de Simon et de Hannah tandis que Monika Göth cherche à oublier ou à réparer les actes et les attitudes de ses parents; le narrateur semble réussir à sortir du cercle vicieux de ce secret (il fait des études, il fonde une famille apparemment intacte) tandis que Monika Göth affronte beaucoup de problèmes personnels

Zu 2: Die Schüler sollten bei der Beantwortung auf die verschiedenen Anstrengungen des Erzählers, die Vergangenheit seiner Familie zu bewältigen, eingehen (z. B. seine Recherchearbeit, Gespräche in der Familie, das Buch *Un secret*, Klarsfelds Kompendium) und zu einer abschließenden Bewertung kommen, ob es überhaupt möglich ist, sich von einer solchen Bürde restlos zu befreien.

Père et fils, une relation complexe

L'adolescence des enfants confronte leurs parents à beaucoup de questions et de bouleversements. Ils doivent tout le temps faire face à des bouffées d'agressivité, de critiques et de provocations de la part de leurs enfants, qui n'ont d'autre fonction pour l'adolescent que de se distinguer de ses parents. L'adolescent s'oppose, ainsi, tout en vérifiant qu'il peut compter et s'appuyer sur des parents fiables, solides, capables de «survivre» à des remises en question parfois brutales.

Les disputes houleuses auxquelles sont soumis les parents, à propos des sorties, des devoirs scolaires, des règles de la maison ou des amis, sont pénibles, mais inévitables et nécessaires. Cependant, les conflits ne sont pas tous aussi violents, selon qu'il s'agisse d'une fille ou d'un garçon.

À l'adolescence, le garçon a toujours besoin de ses deux parents, mais le rôle de son père est vraiment primordial. L'absence du père, et encore plus son indifférence, mettent grandement en péril son développement, parce qu'il est en première ligne pour transmettre des valeurs masculines et une bonne image de soi en tant que futur homme. À l'adolescence, le fils a, aussi, besoin de s'appuyer sur une image masculine forte. Il prend alors comme identifiant, son père pour construire sa personnalité. «Mon père est mon idole, même si je ne le lui ai jamais dit bien sûr. Je voudrais en grandissant, avoir une personnalité aussi forte que lui et réussir ma vie comme lui a réussi la sienne», confie Karim, 16 ans.

Toutefois, la relation père/fils est une relation généralement complexe et à multiples facettes. Elle est toujours marquée par une sorte de rivalité, qui apparaît vers l'âge de trois ans: le garçonnet a alors la fâcheuse impression que papa veut s'approprier maman et qu'il l'empêche ainsi de l'avoir rien que pour lui. Considéré comme un vrai rival, le fils rentre alors en compétition face à son père et cherche donc à écarter son père pour séduire sa mère. Aussi, veut-il s'approprier la force et les compétences de son père, en d'autres termes, lui ressembler voire le dépasser, pousse l'enfant à se battre, à s'opposer à lui, dans tous les domaines où il excelle. Cette rivalité prend toute son ampleur à l'adolescence, l'âge où l'enfant se prend déjà pour un adulte et refuse toute autorité parentale.

Par ailleurs, le père est celui qui ordonne les règles et impose les limites. Il n'hésite d'ailleurs pas à user de cette autorité, surtout quand le garçon n'écoute pas! Résultat, il arrive souvent que l'enfant «déteste» son père et aussi invraisemblable que cela puisse paraître, certains spécialistes affirment que cette «haine» signifie que le père remplit correctement son rôle! Néanmoins, symbole de puissance et d'autorité, le fils est, en même temps, en admiration devant la figure paternelle, modèle par excellence. Un exemple dont il a besoin, même si le dialogue entre le père et le fils est encore difficile à installer. Un garçon va parler de ses soucis et faire ses confidences à sa mère, pas à son père. Entre mère et fille, on se câline. Mais jamais entre père et fils. Et c'est d'autant plus difficile de toucher le père que l'on a envie de s'approprier ses qualités. Plus on veut lui ressembler, plus on le met à distance. «Nous n'avons jamais partagé de moments de complicité mon fils et moi. Je suis un peu pudique et lui aussi. Et même quand je fais l'effort et j'essaie de le prendre dans mes bras, il me repousse en affirmant que les hommes ne se câlinent pas. Avec le temps, j'ai fini par prendre mes distances et lui aussi. Aujourd'hui nos relations se limitent aux ordres et aux hurlements, ce qui m'attriste. Je sens que j'ai raté mon rôle de père», indique Younes, papa de Reda, 17 ans.

En effet, selon les spécialistes, père et fils sont dans l'attente d'une estime réciproque. Le père recherche la confirmation qu'il est un bon père. C'est essentiel, car cela donne l'idée d'une continuité d'existence. Le fils, de son côté, cherche à lire de l'admiration dans les yeux de son père. Les pires mots qu'un fils puisse entendre de la part de son père, c'est «tu m'as déçu».

(698 mots)

http://www.lematin.ma/journal/Adolescence_Pere-et-fils-une-relation-complexe-/172674.html; © Le Matin, Groupe Maroc Soir

Sujets d'études

I. Compréhension

1. Cochez la bonne réponse et notez une citation de référence.
Les jeunes cherchent la confrontation avec leurs parents pour
☐ montrer à leurs parents qu'ils sont différents d'eux.
☐ montrer à leurs parents qu'ils peuvent compter sur eux.
☐ montrer à leurs parents qu'ils peuvent survivre.

ligne: _____

2. Cochez les bonnes réponses.
Les adolescents et leurs parents ont des disputes à propos
☐ de questions brutales.   ☐ de soirées en ville.
☐ de travaux pour l'école.   ☐ de la conduite en famille.

3. Les pères sont énormément importants pour les garçons. Citez deux fonctions des pères:

ligne _____ : _____

ligne _____ : _____

4. Cochez la bonne réponse et notez une citation de référence.
Karim
☐ voudrait bien réussir comme son père et en parle avec son père.
☐ voudrait bien être comme son père mais ne lui en parle pas.
☐ parle beaucoup avec son père, mais ne voudrait pas être comme lui.

ligne: _____

5. Terminez les phrases.

• A l'âge de trois ans, les garçons _____

• A l'adolescence, les garçons _____

6. Cochez la bonne réponse et notez une citation de référence.
Il y a des psychologues qui affirment que l'éducation est réussie quand
☐ le fils rejette son père
☐ le fils adore son père

ligne: _____

7. Cochez les adjectifs qui décrivent la relation entre Younes et son fils Reda et notez des citations de référence.

☐ agressive ☐ complice ☐ tendre ☐ distancée

ligne: _____

ligne: _____

8. Cochez la bonne réponse et notez une citation de référence.
Père et fils dépendent du respect de l'un pour l'autre.

☐ vrai ☐ faux

ligne: _____

II. Analyse

«A l'adolescence … son développement […]» (l. 17–21). En vous référant à cet extrait du texte, comparez la relation entre Maxime et Simon à celle entre Maxime et le narrateur.

III. Rédaction

Louise apprend que le narrateur s'est bagarré avec un garçon à l'école à propos d'insultes antisémites. Elle réfléchit si elle doit lui raconter la vérité. Rédigez son monologue intérieur.

Erwartungshorizont zu Klausur 2

I. Compréhension

1. Cochez la bonne réponse et notez une citation de référence.
Les jeunes cherchent la confrontation avec leurs parents pour
- ☒ montrer à leurs parents qu'ils sont différents d'eux.
- ☐ montrer à leurs parents qu'ils peuvent compter sur eux.
- ☐ montrer à leurs parents qu'ils peuvent survivre.

ligne 5–6: «qui n'ont d'autre fonction … que de se distinguer de ses parents»

2. Cochez les bonnes réponses.
Les adolescents et leurs parents ont des disputes à propos
- ☐ de questions brutales.
- ☒ de travaux pour l'école.
- ☒ de soirées en ville.
- ☒ de la conduite en famille.

3. Cochez la bonne réponse.
Les pères sont énormément importants pour les garçons. Citez deux fonctions des pères:

ligne 22: Le père doit transmettre des valeurs masculines au garçon.

ligne 25–26: Il a besoin d'un père pour construire sa personnalité.

4. Cochez la bonne réponse et notez une citation de référence.
Karim
- ☐ voudrait bien réussir comme son père et en parle avec son père.
- ☒ voudrait bien être comme son père mais ne lui en parle pas.
- ☐ parle beaucoup avec son père, mais ne voudrait pas être comme lui.

ligne 26–28: «Mon père est mon idole, même si je ne lui ai jamais dit bien sûr.»

5. Terminez les phrases.

- A l'âge de trois ans, les garçons veulent avoir leur mère rien que pour eux.

- A l'adolescence, les garçons refusent toute autorité parentale.

6. Cochez la bonne réponse et notez une citation de référence.
Il y a des psychologues qui affirment que l'éducation est réussie quand
- ☒ le fils rejette son père
- ☐ le fils adore son père

ligne 50–51: «Résultat, il arrive souvent que l'enfant ‹déteste› son père …»

Bildquellenverzeichnis

S. 3: © Arsenal/Cinetext; S. 16: Verlagsarchiv Schöningh; S. 23: © Deutsches Historisches Museum; S. 49: © Dolighan Cartoons; S. 65: © picture-alliance/akg-images; S. 75: © Dominique Goubelle; S. 94/95: © Martine Mallet/Verlagsarchiv Schöningh

7. Cochez les adjectifs qui décrivent la relation entre Younes et son fils Reda et notez des citations de référence.

☒ agressive ☐ complice ☐ tendre ☒ distancée

ligne 70–71: «Aujourd'hui, nos relations se limitent aux ordres et aux hurlements.»

ligne 68–69: «Avec le temps, j'ai fini par prendre mes distances et lui aussi.»

8. Cochez la bonne réponse et notez une citation de référence.
Père et fils dépendent du respect de l'un pour l'autre.

☒ vrai ☐ faux

ligne 74–75: «En effet … une estime réciproque.»

II. Analyse

L'auteur du texte «Père et fils – une relation complexe» affirme dans cette phrase qu'un garçon a besoin de son père pour que son développement vers l'âge adulte réussisse. Si le père est absent ou, pire encore, ne montre que de l'indifférence à l'égard de son fils, cela mettra en péril le bon développement d'un adolescent. Dans le roman «Un secret» de Philippe Grimbert, le narrateur, un jeune adolescent, et son père Maxime ont une relation assez difficile et complexe qui, sans que le narrateur le sache au début, est fortement influencée par le fait que Maxime ait déjà eu un autre fils, Simon, mort dans un camp de concentration.

Simon, le premier fils de Maxime, est né peu après le mariage de Maxime et Hannah et correspond en tout à l'image que s'est faite Maxime de son fils. Simon est un garçon fort, sportif, de caractère gai et ouvert qui s'intègre parfaitement dans la vie de Maxime. Celui-ci l'emmène régulièrement au stade et commence à s'entraîner avec lui. En effet, Simon ressemble beaucoup à Maxime et ce dernier se comporte comme un père très affectueux et fier.

La relation entre Maxime et le narrateur est tout à fait différente. Dès les premières pages du roman, le narrateur présente sa vie comme marquée de tristesses et de craintes dont il ne connaît pas la raison. Contrairement à son demi-frère Simon, le narrateur est un enfant chétif et fragile qui ne correspond en rien à l'idéal sportif et discipliné de ses parents. Le narrateur sent peser sur lui le regard de Maxime qui s'efforce d'aimer son fils mais qui est déçu qu'il soit si différent de lui et de Simon. Cette amertume de Maxime fait que le narrateur ne se sent pas vraiment accepté par son père et, par conséquent, influence négativement son développement physique et psychique. Finalement, ce n'est pas Maxime qui aidera son fils à surmonter ses traumatismes, mais Louise qui en quelque sorte assume la responsabilité des parents du narrateur.

Ce n'est qu'à la fin du roman après la découverte du secret que le narrateur et son père se rapprochent l'un de l'autre. Le narrateur délivre son père du poids du secret. Mais à ce moment-là, les rôles sont déjà inversés, c'est le narrateur qui aide son père à surmonter le passé, lui-même ayant déjà trouvé une vie équilibrée. Pour conclure, on pourrait dire que la relation entre Maxime et Simon correspond à une relation idéale entre père et fils, celle entre le narrateur et Maxime, par contre, manque d'estime et de respect de la part de Maxime qui empêche ainsi le bon développement de son fils.

III. Rédaction

Le monologue intérieur de Louise pourrait comprendre les éléments suivants:
- ses réflexions sur la situation au collège
- de la pitié pour le narrateur
- son conflit intérieur: a-t-elle le droit de lui raconter la véritable histoire de la famille Grimbert ou non?
- ses doutes: est-ce qu'il va comprendre ce qu'elle lui raconte?
- des allusions à la véritable histoire de la famille Grimbert